講談社文庫

仙台駅殺人事件

西村京太郎

講談社

仙台駅殺人事件——目次

第一章　1番線ホーム

1

原田収(はらだおさむ)は、仙台駅の三人の助役のなかでは、いちばん若い助役である。

この日の朝、原田は、家を出るとき、今日は十二月一日なのだと、自分にいい聞かせた。

彼を含めて、家族のなかにこの日が誕生日の者がいるわけではなかったし、結婚記念日でもない。仙台駅で、特別な催(もよお)しがあるわけでもなかった。

いわば、原田の個人的な楽しみの日だった。

原田が、十二月一日を特別に意識するようになったのは、二年前からである。正確ないい方をすれば、二年前の十二時から、十二月一日と仙台駅の1番線ホームを特別に意識するようになったのは、である。

その前年の三年前の十二月一日、原田は、構内を巡回していて、1番線ホームの中央売店近くに、二十七、八歳の女性が、人を待つ感じで佇んでいるのを眼に止めた。十二時少し過ぎである。原田の眼がその女性に引きつけられたのは、珍しい和服姿だったのと、白いその横顔が、どこか寂しげに見えたためだろう。

(どんな男と待ち合わせをしているのだろう?)

そんなことが、気になったが、1番線ホームにとどまって、彼女を監視しているわけにもいかず、原田は、構内をひと回りしてから、一階の事務室に戻った。

そのときは、彼女のことを何日か覚えていたが、年が明けると、忘れてしまった。

翌年(二年前)の十二月一日、原田は再び1番線ホームで、彼女に出会ったのである。

おなじように、和服姿で、彼女はじっと誰かを待っているように見えた。

そのときから、原田は、十二月一日という日付と1番線ホームを意識するようになったのである。

そして、去年の十二月一日にも、原田はやはり1番線ホームの中央売店の傍らで和服姿の彼女に会った。

今年も、1番線ホームで、彼女に出会えるだろうかと、原田は期待しての出社だった。

名前も住所もわからない相手だけに、原田の想像は、かえって広がっていく。

地元の人間とは、考えられなかった。地元の人間が、仙台駅で待ち合わせる場合は、たいてい、中央改札口正面の巨大なステンドグラスの前にするからである。ステンドグラスの横に伊達政宗の騎馬姿の像が立っているのだが、仙台市民は伊達政宗の前とはいわずに、ステンドグラスの前という。

仙台の人間でないとすると、東北新幹線か、あるいは、在来線に乗ってやってきて、仙台駅の1番線ホームで誰かと待ち合わせをしているのだろうか？

なぜ、十二月一日だけなのか。原田の興味は、そちらのほうに向いていく。

仙台地方に、今年は、まだ初雪はない。今日も、十二月に入ったにしては暖かかった。予報では、明日二日から、寒波の襲来で、急に冷え込むといっていたが。

仙台駅の一日の乗降客は、二十三万人。新幹線三万三千人である。地下一階、地上四階の今の駅舎は、昭和五十一年十二月に建てられている。

一日の運転列車本数は、新幹線の百十二本を含めて八百十本。それを駅長以下、三百十三人の駅員で捌く。

仙台駅のラッシュアワーは、東京と同じで、朝の七時三十分から八時。夕方は、午後四時から六時である。

この日も、朝のラッシュアワーが一段落したのは、八時過ぎだった。

十一時を過ぎたところで原田は、営業主任の片山と構内の巡回に出た。

まず、コンコースを見て回ってから、一階の1番線ホームに入る。

原田は、歩きながら腕時計に眼をやった。あと二分で十二時だった。

ちょうどあの女性が、ホームを歩きながら、ホーム中央の売店の近くで、待ち合わせをしている時間だと思い、原田は、ホームを歩きながら、眼で探した。

だが、彼女の姿が見えない。

ホームを往復してみたが、同じだった。

(どうしたのだろう?)

と、原田が思っていると、突然、片山営業主任が、

「いませんねえ」

と、小声でいった。

「いないって、誰が?」

「ここ二、三年、十二月一日の正午ごろになると、1番線ホームに謎の美女が現われ

るんですよ。今日も十二月一日なので、期待していたんですが、いませんねえ」

と、片山がいう。

(片山主任も、知っていたのか)

原田は、自分ひとりのひそかな楽しみが、急に消えてしまったような妙な失望感を覚えながら、今さら、「おれも、知っていたよ」とはいえず、

「謎の美女ねえ」

と、間の抜けた調子で応じた。

二人は、跨線橋を使って、2番線から7番線までを見て回った。その間も、ときどき1番線ホームに眼をやったが、とうとう「謎の美女」は、現われなかった。

2

同じ十二月一日の午後八時過ぎに、原宿の高級マンション「ヴィラ・原宿」の七〇五号室で、男の死体が発見された。

この部屋には、銀座のクラブ「綾」のママ、早坂みゆきが入っていて、この日、午後八時を過ぎても、ママが店に姿を見せないので、マネージャーの広田が、心配して

やってきて、死体を発見したのである。

一一〇番通報で、二十分後には、警視庁捜査一課の十津川省三たちが、検死官や鑑識と一緒に到着した。

２ＬＤＫの居間で、男は死んでいた。

背中と胸を数ヵ所刺され、流れた血が花模様の絨毯に染み込んでいる。

「知っている男ですか？」

と、十津川はマネージャーの広田にきいてみた。

広田は、小さく手を振って、

「ぜんぜん、私の知らない顔です」

と、いう。

死んだ男は赤いマフラーを首に巻き、黒の革ジャンパーを着ている。

年齢は三十歳前後といったところだろう。

「本当に、知らない男ですか？」

と、亀井刑事が念を押した。

「知りませんよ。今までに会ったことのない顔です」

広田は、怒ったようにいう。

「店の客でもない？」

「ええ」

「死んだのは、今朝の午前二時ごろだろうね」

と、検死官がいった。

十津川は、そんな声を聞きながら、被害者のジャンパーのポケットを調べてみた。

運転免許証、財布、キーホルダーが見つかった。

免許証にあった名前は、木戸康治、三十一歳。住所は、練馬区石神井町だった。

「木戸康治という名前にも、記憶はありませんか？」

と、十津川はマネージャーの広田にきいた。

「知りません。嘘じゃありません」

「ところで、早坂みゆきさんが、今、何処にいるのか、わかりませんか？」

と、十津川がきくと、広田は小さく首をすくめるようにして、

「僕は、今日ママが店に現われないので、風邪でもひいて、寝てるんじゃないかと心配して、来てみたんですよ。そのママが、今、何処にいるか知ってるはずがないじゃありませんか」

「昨日は、店に出ていたんですか？」

「ええ」

「昨夜、帰ったのは、何時ごろですか？」

「ちょうど、十二時ごろだったと思いますよ。タクシーで帰ったはずです」

と、広田はいった。

十津川たちは、広田に断わって、室内を調べることにした。とくに、写真と手紙である。

マネージャーは、まったく知らない男だといっているが、木戸康治の手紙か写真が部屋にあれば、ママの早坂みゆきとの関係がわかるかもしれない。

銀座のママの部屋にしては、贅沢な感じを受けない部屋だった。もちろん、それでも十津川の眼には豪華ではあるのだが。

洋服より着物が多いのは、商売柄かもしれない。

アルバム二冊と、手紙の束が見つかったので、十津川と亀井の二人で、眼を通すことにした。

だが、アルバムに被害者・木戸康治の写真は入っていなかったし、手紙の中に、差出人・木戸康治の名前は、見つからなかった。

十津川は、広田にアルバムの中から、早坂みゆきの写真を抜き出してもらった。

和服姿で、ひとりで写っているものが五枚、洋服姿が二枚、そして、何人かで一緒に写っているものが三枚である。

「なかなか、きれいな人だ」

と、十津川がいうと、広田は、

「美人ママで、有名ですからね」

と、自慢げにいった。

「あなたは、みゆきさんが行きそうな所を知りませんか？」

「刑事さんは、ママが犯人だと思っているんですか？」

「断定はしませんが、何しろ、ここが早坂みゆきさんの部屋ですからね。とにかく、すべての事情をききたいのですよ」

と、十津川はいった。

広田は、返事をしない。

「みゆきさんの家族は、今、何処にいるんですか？」

と、十津川は質問を変えた。

「両親は、もう亡くなったと聞いていますよ」

「きょうだいは？」

「きょうだいの話は、聞いたことがありませんね」

「みゆきさんは、何処の生まれですか？　本籍は？」

「たしか東北ですが、今もいったように、両親が、亡くなっているので、ここ何年も帰ったことがないといっていましたね」

と、広田はいった。

亀井が、早坂みゆきの経歴をきいても、広田は、詳しいことは知らないと、主張した。

死体が司法解剖のため運び出され、広田にも帰ってもらった。

十津川は、亀井と練馬区石神井町に回ることにした。

3

石神井公園近くの木造モルタルのアパートだった。

二階建ての、どの部屋も六畳にトイレとキッチンはついているが、バスはない。木戸康治の部屋は、二階の角だった。

家主が管理人を兼ねていて、十津川と亀井は、カギを開けてもらって、部屋に入った。

「さっきのマンションとは、ずいぶん落差がありますね」

と、亀井が苦笑している。

六畳には布団が敷いたままになっていて、枕元には、吸い殻でいっぱいの灰皿と写真週刊誌が放り出してあった。

「木戸さんは、何をしている人ですか？」

と、十津川は家主にきいた。

「いろいろやってるみたいでしたよ。運送会社で働いたり、スーパーで働いたり、根がなくて、続かないみたいで」

と、小柄な家主はぼそぼそといった。

十津川たちは、預金通帳を見つけたが、普通預金の残高が、十八万二千円あるだけで、もちろん定期預金はない。

「彼が、銀座の高級クラブへ飲みに行っていたとは思えないね」

と、十津川はいった。

「広田というマネージャーも、店に来たことはないと、いっていましたね」

「となると、二人の接点は、いったい何だったのかねえ」

「木戸が、金に困って、原宿の高級マンションに盗みに入った。部屋を物色しているところに、彼女が帰ってきて、争いになったというのは、考えられませんか？」

と、亀井がいった。

「そして、早坂みゆきが刺して、殺してしまったということか？」

「そうです」

「それなら、なぜ、警察に連絡しなかったのかな？　正当防衛なのに」

「相手が死んでしまったので、狼狽してしまい、やみくもに、逃げ出したんじゃありませんか」

と、亀井はいった。

「もしそうなら、落ち着けば、警察に出頭してくるかもしれないな」

と、十津川はいった。

「出頭しなくとも、さっきのマネージャーには、連絡してくると思いますよ」

亀井は、その線で決まったというようないい方をした。

十津川は、もう一度、狭い部屋の中を見回し、何気なく枕元の写真週刊誌を手に取って、ぱらぱらと見ていたが、急に、

「カメさん。これ」

と、その一ページを亀井に見せた。

そこに、「不況下で頑張る銀座のママたち」というタイトルで、三人のママの写真が載っているのだが、その一人が早坂みゆきだったのである。

亀井も、「へえ！」と声をあげて、その写真に見入った。

〈原宿の高級マンションに、独り住まいの早坂みゆきさん（三十五）は、和服のよく似合う美女である。常連客は、「その憂い顔に引きつけられる」という。もっぱら着物愛用だが、百六十八センチ、五十キロ、B88、W58、H89のナイスボディは、水着もよく似合っている。「今のような不況のときこそ、お客さまを大事にしなければ――」と、みゆきさんは健気に語っている〉

これが、写真につけられた説明文である。

「一昨日、発売の週刊誌ですね」

と、亀井がいった。

殺された木戸康治が、この写真週刊誌を見ていたことを、どう解釈したらいいのだろうか？

亀井の推理を補強するようにも、とることができる。

木戸は、この記事を見て、原宿の高級マンションに忍び込むことを考えたが、帰宅した早坂みゆきとぶつかったという解釈である。

だが、もう一つの解釈も可能になったと、十津川は思う。

昔、木戸は、早坂みゆきのことを知っていて、探していた。理由は、わからない。彼女に恨みを持っていたのかもしれないし、ただ単に、見つけたら、金を借りようと思っていたのかもしれない。たまたま寝床で、買ってきた写真週刊誌を見ていて、この写真と記事を見つけ、深夜、原宿に彼女を訪ねていったという解釈である。

二人が初対面、顔見知りのどちらにでも解釈できるのだが、十津川はともかく、その写真週刊誌を持ち帰ることにした。

十津川と亀井は、銀座に回った。

クラブ「綾」は、店を開いていたが、ママの早坂みゆきがいないので、何となく、落ち着かない雰囲気になっている。

常連客から「ママは、どうしたんだ？」ときかれて、店に戻っていたマネージャーの広田が、

「風邪をひいて、寝ております。明日からは元気に顔を出しますので、よろしくお願いします」

と、答えていた。

十津川と亀井は、ホステスにみゆきのことをきいてみた。

そのなかの一人が、

「三日前に、ママに頼まれて、新幹線の切符を買ったわ」

と、いう。

「何処までの切符？」

と、十津川がきいた。

「仙台までの、グリーン券」

「枚数は、何枚？」

「一枚だけだったわ」

「それで、いつ、何時の新幹線の切符だったのかな？」

「今日、十二月一日の午前九時一九分発の東北新幹線で、仙台までのグリーン車の切符」

と、そのホステスはいった。

「その時刻の切符を買ってきてほしいと、ママはいったの？」

と、十津川はきいた。

「ええ。メモ用紙に書いて、渡されたの。だから、東京駅へ行って買ってきたわ」

「その切符を、三日前に買ったんだね？」

「ええ。そうよ」

「東京から仙台まで、やまびこだと二時間ちょっとだな」

と、十津川は呟いた。

「その切符だが、ママ自身のものだったのかね？　それとも、お客に頼まれたのかね？」

と、亀井がホステスにきいた。

「わからないけど、ママが使うんだと思ったわ。お客に何か頼まれたときは、お客に直接渡すことになってるから」

と、ホステスはいった。

マネージャーの広田にきくと、今日十二月一日に、ママが仙台に行くことは、聞いていなかったという返事だった。

もっとも、東京─仙台間は二時間ちょっとだし、朝の九時一九分の新幹線で出かけるのだから、向こうに二、三時間いてからでも、ゆっくり東京に戻ってきて、店に出られるのだ。

早坂みゆきは、そう考えて、マネージャーに、仙台行きのことをいわなかったのかもしれない。

「彼女は、仙台へ逃げたんじゃありませんか？」

と、クラブ「綾」を出たところで、亀井が十津川にいった。

「買っておいた切符を使ってか？」

「そうです。何かの用事があって、早坂みゆきは、今日仙台へ行く切符を買っておいた。三日前ですから、今日の事件を想定して買ったとは思えません。彼女の郷里は東北だそうですから、郷里に何か用があったのかもしれません。それが、木戸康治を殺してしまった。郷里へ逃げたいと思ったとき、新幹線のグリーンを買ってあったのを思い出して、仙台へ行くため、午前九時一九分発の東北新幹線に乗った。そんなところじゃないかと思います」

「しかし、カメさん、両親とも亡くなって、郷里には誰もいないんだよ。彼女にとって、逃げ込める温かい郷里じゃなくなっていたんじゃないかな？」

「そうかもしれませんが、肝心のグリーン券が彼女のマンションから、見つかっていません。持って逃げたとみていいでしょう。そのまま、東京駅から九時一九分発のやまびこに乗ったとみたほうが自然じゃありませんか」

と、亀井はいった。

亀井のいうことには、可能性がある。十津川は、捜査本部に戻ると、宮城県警に、捜索依頼の電話をかけ、早坂みゆきの写真を電送した。

残るのは、被害者・木戸康治について調べ、消えた早坂みゆきとどんな関係だったかを明らかにすることだった。

4

原田助役は、この日、当直に当たることになった。

当直は、営業三人、出札七人、改札十三人、輸送十八人、直営六人の四十七人体制で行なわれる。

助役の原田が、そのリーダーということである。

ＪＲ仙台駅だけを管理していればいいわけではない。東北本線の新利府、陸前山王、愛宕、品井沼の四駅、仙山線の葛岡、陸前白沢、熊ヶ根、西仙台ハイランド、作並、八ツ森、奥新川の七つの駅の運営についても、責任を負うことになる。

各ホームは、最終列車が出たあと、閉鎖される。

いちばんおそくまで開いている新幹線中央改札口、在来線の中央、北口、東口の改札口も、二十四時ちょうどには、閉鎖されるのだ。

原田は、それを確認してから、駅長事務室に戻ると、営業主任の片山たちが、壁に貼り出されたFAXの前に集まっていた。

FAXは、中央警察署から送られてきたものだった。

「何だい？」

と、原田が声をかけると、片山が、

「あの女ですよ」

と、小声でいった。

FAXには、女の写真が載っている。和服姿の女だった。

原田は「女――？」と、いいながら眼をやったが、

「彼女じゃないか！」

と、思わず小声で叫んでしまった。

「そうですよ。今、警察から送られてきたFAXですが、この女が今日、昼ごろに、

東京から新幹線で仙台へ来たと思われるので、見かけたら、連絡してもらいたいという要請です」

と、片山がいう。

「警察からの要請？」

「そうなんです」

「何かやったのか？」

原田は信じられないという顔できいた。

「なんでも、東京で起きた殺人事件の参考人だそうです」

「殺人事件？」

「ええ」

「まさか――」

と、思いながら、原田はＦＡＸの傍に寄っていった。

間違いなく、あの女だった。早坂みゆきという名前や年齢などが書かれている。

原田は、奇妙な気分だった。

殺人事件に関係しているということにも、違和感があったが、謎の女に、具体的な名前や年齢や、銀座のクラブのママという仕事などが附随してきたことにも、違和感を覚えたのだ。

毎年一回、姿を見せる美しい和服姿の女に、原田は、ほのかな憧れを感じていたのである。

何処に住んでいるのだろうか、何者なのだろうかと思い、名前を知りたいと思ってもいたのだが、いざ、具体的にわかってくると、憧れが離れていくような、不思議な気分になってくる。

「しかし、今日は1番線ホームにいなかったがね」

と、原田はいった。

「そうですね」

「それなのに、なぜ、今日、この仙台に来たことになってるんだ？」

と、原田はきいた。

中央警察署から送られたＦＡＸには、たいして詳しいことは、書かれていない。

「中央署にきいてみましょうか？」

と、片山がいう。

「殺人事件は、東京で起きたんだろう？」

「そうです」

「それなら、東京の警視庁が、照会してきているんだろう。警視庁に連絡したほうが早いんじゃないか」

と、原田はいった。

片山が、東京に電話をかけた。しばらく話をしていたが、原田に向かって、

「向こうの捜査本部につながりました。十津川という警部が、電話口に出ています」

と、いって、受話器を渡して寄越(よこ)した。

原田は、自己紹介してから、

「彼女は、仙台駅の駅員の間では、ここ三年間、謎の美女になっていたんですよ」

と、彼女のことを説明した。

電話の向こうで、十津川という警部が、

「ロマンチックな話ですね」

と、いう。

「そうなんですよ。毎年十二月一日の正午ごろから、きれいな着物姿で、1番線ホームで、誰かを待っているんです」

「すると、今年の十二月一日も、仙台駅へ行くつもりで、東北新幹線のグリーン券を買っていたんでしょうね」

「彼女は、何時の新幹線に乗るつもりだったんですか？」

「東京発午前九時一九分のやまびこです」

「それなら、仙台着は一一時三五分だから、ゆっくり、正午には、在来線の1番線ホームに行けます」

「なるほど。やはり、今年も仙台駅へ行くつもりだったんだな。三日前に、その切符を買っていますからね」

と、十津川はいった。

「しかし、今日の正午には、彼女、1番線ホームに現われませんでした。どうしたのかな、と心配していたんですよ」

と、原田はいった。

「原田さんの眼から見て、彼女は人殺しをするように思えますか？」

十津川にきかれて、原田は戸惑いながら、

「いきなりいわれても、年一回、三度しか見ていない人ですから」

「しかし、気になっていた女性でしょう？」

「それは、そうなんですが――」

「私は、人間の直感を信じるほうなんです。だから、あなたの感想を聞きたいと思いましてね」

「私は、彼女について何も知りません。警察から、今日送られてきたＦＡＸで、初めて名前がわかったんです。だから、文字どおり直感でしかいえませんが、彼女に人殺しができるとは、とても思えません」

と、原田はいった。

「そうですか」

「私の知ってる限りですが、三年間、十二月一日に東京から仙台までやってきて、誰かを待つ。ちょっとできませんよ。それだけでも優しい女性だとわかるじゃありませんか」

「なるほど。よくわかりますよ」

と、十津川はいった。

「まだ、彼女がその木戸とかいう男を殺したという証拠は、見つかっていないんでしょう？」

「ありません。ただ、彼女のマンションで殺されていたというだけです」

「それなら、ほかの人間が殺して、彼女に罪をなすりつけようとしたのかもしれません」

と、原田はいってから、すこしいいすぎたかなという反省に襲われた。

「私の考えは、あくまでも素人の見方ですから、忘れてください」

「いや、参考になりました。捜査の都合で仙台へ行くことになるかと思うので、そのときはよろしくお願いします」

と、十津川はいった。

電話を切ると、原田は照れ臭そうに周囲を見回した。

彼女のために、思わず熱弁を振るってしまったことが、恥ずかしかったのだ。片山たちは、聞いていなかったみたいな顔をしている。

原田は、一層照れて、トイレへ行くふりをして、駅長事務室を出た。

終列車が出てしまった駅の構内は、ひっそり静まり返っている。

原田は、何となく二階へ上がっていった。

(彼女は、仙台へ来たのだろうか？)

それが、引っかかってくる。二階のコンコースもひっそりしていて、キヨスクや、「萩の茶屋」と呼ばれる喫茶店も、飲食店も、土産物店も、すべてもう閉まっていた。

だが、仙台駅の入口のシャッターは、下りていない。

仙台駅は、二十四時間閉鎖されない珍しい駅なのだ。

すべての最終列車が出てしまったあとは、防犯上も、駅のすべての入口を閉鎖してしまいたいのだが、この仙台駅には、それができない事情があった。

仙台駅は、南北に長方形に長く延びた造りで、その長さは、千三百十二メートルである。

つまり、仙台市の東口と西口とを、長方形の長い駅舎が、遮断した形になっているのだ。

その東口と西口とを東京駅のように地下道でつなぐケースもあるが、仙台駅では、二階の部分に、自由通路が設けられた。

だが、この自由通路が、駅舎の二階のコンコースに作られたために、駅の入口を閉鎖してしまうと、この通路も使えなくなってしまうのである。

最終列車が出て、駅自体の仕事が終わっても、この自由通路を使う人はいる。その人たちのために、仙台駅は、二十四時間、開放されたままなのだ。

二十四時間、閉鎖されない駅というのは、東北では、たぶん仙台駅だけだろう。

そのため、冬にはホームレスの人たちがコンコースの中に入ってしまう。そのことが、問題になったことがあったが、今は、黙認することにしていた。とにかく、今の駅長のモットーは、「愛」なのだから。

今日も、すべての機能が眠ってしまった駅の中で、二階コンコースの端にある自由通路にだけは、人の気配が消えない。

(寒くなってきたな)

と、原田は思った。

二階のコンコースから、ガラスのドアを開けて外に出ると、粉雪が舞っているのが見えた。

真っ暗な空から、白いものが落ちてくるのだ。

(今年になって、初めての雪か)

と、思った。

そういえば、毎年、1番線ホームに、謎の女が現われるころに、初雪が降る。

仙台駅は、ちょっと変わった造りになっていて、駅で降りた人たちは、タクシーを使う人たち以外は、二階のコンコースから外に出る。

ドアを開けると、そこに航空母艦の甲板のような広い張り出しがあって、そこから、駅前の大通りと広場をまたぐ格好で、広い歩道橋が、何本も延びている。人々は、その歩道橋を渡って、バス乗り場や西口の繁華街に下りていくのである。

このタコの足のように広がる巨大な歩道橋は、正式には、ペデストリアン・デッキ

（歩道橋のデッキ）と呼ばれるのだが、市民は、ただ単にデッキとか、駅前の歩道橋と呼んでいて、原田自身も「デッキ」といっていた。

原田は、デッキでしばらく落ちてくる粉雪を眺めていた。その傍を少し酔ったサラリーマンらしい男が二人、あぶない足取りですり抜けて、コンコースの中に入っていった。自由通路を通って、東口に抜けていくのだろう。

身体が冷え切ってしまい、原田はあわてて駅長事務室に戻った。

若い駅員の一人が、熱いお茶を淹れてくれた。片山たちは、あれこれ空想を逞しくして、早坂みゆきについて、お喋りをしている。話題の中心は、彼女が、なぜ年に一回、十二月一日に仙台駅に現われていたかということになっていた。

午前一時過ぎに、中央警察署からＦＡＸが入って、早坂みゆきの本籍地が、作並（仙台から快速で約三十分）であることを知らせてきた。

「作並駅にも、早坂みゆきの顔写真は送ってあるのか？」

と、原田は片山にきいた。

「警察からは、壁に貼ってある一枚しか来ていませんから」

「それなら、すぐ送っておけよ。彼女はこの仙台駅で乗りかえて、作並へ行ったかもしれないからな」

と、原田は怒ったような声でいった。

5

東京では、十津川と部下の刑事たちが、捜査に動き回っていた。捜査は、事件が起きてからの二十四時間が勝負ともいわれている。

男が一人殺され、何らかの関係があると思われる女が、姿を消したのだ。一刻も早くこの女、早坂みゆきを見つけ出さなければならない。

司法解剖の結果が、報告されてきた。死亡推定時刻は、十二月一日の午前二時から三時の間。死因は失血死である。

もう一つ、興味のある報告も、十津川の手元に届いた。

被害者・木戸康治の血液型はA型だが、少量だが、B型の血液も発見されたというのである。

B型の血液は、被害者の着ているワイシャツと部屋の絨毯の上から見つかったという。たぶん犯人のものではないかということだった。

犯人は、ナイフで木戸を刺したとき、自分の手も切ってしまったのかもしれない。

「犯人も怪我をしているらしい」

と、十津川はいった。

「早坂みゆきの血液型は、わかっているんですか？」

と、亀井がきく。

「鑑識が、あの部屋に落ちている彼女の毛髪を集めて、それで血液型を調べてくれているよ」

と、十津川はいった。

腕時計を見ると、間もなく午前二時だった。

「腹が減りませんか？」

「カメさん自慢のラーメンが、そろそろ出てくるころだと、期待しているんだがね」

「今日は、インスタント焼きそばです」

と、亀井が笑った。

亀井は、そのためのお湯を沸かしながら、

「一年一回のデート、それも北の国のデートというのは、ロマンチックですねえ」

「仙台駅の1番線ホームかい？」

「そうですよ」

「デートかどうかは、わからないよ」

「デートと考えたほうが、楽しいじゃありませんか」

「そりゃあ、そうだがね」

「警部は意外にドライなんですね」

と、亀井がいったとき、電話がかかった。

十津川は、亀井を制して受話器を取った。

「そうですか。やはりB型ですか」

と、肯（うなず）いて、受話器を置いた。

「早坂みゆきの血液型がわかったんですか？」

と、亀井がきいた。

「ああ。B型だそうだ」

「そうなると、木戸を殺したのは、やはり早坂みゆきということになってきますね」

「カメさんは、不満そうだね」

「不満というより、あんな美人が、犯人とは考えたくないんですよ。そのうえ、一年一回のデートというロマンチストの美人がね」

「やっぱり、私よりカメさんのほうがロマンチックなんだ」

と、十津川は微笑した。

亀井が、できあがったインスタント焼きそばを紙の皿に盛って出してくれる。

十津川が、それを食べている間にも電話が入る。

箸を持ったまま、亀井が受話器を取る。

二言、三言、応答してから十津川に、

「原宿のマンションに張り込んでいる西本刑事からです」

「何だって？」

「無言電話が、二回あったそうです」

「早坂みゆきが、様子を知りたくて、電話をかけてきたのかな？」

「そんなところだと思います。西本が出たので警察が来ていると察して、切ったのかもしれません」

と、亀井はいった。

練馬区石神井町の木戸のアパートにいる日下刑事からも電話が入る。今度は、十津川が受けた。

「五分前に、若い女の声で電話がかかりました。最初、私を木戸と思ったらしく、いきなり、金は手に入ったのかと、きかれました」

と、日下はいった。

「金は手に入ったかだって？」

「そうです。女は怒ってましたね。なぜ早く電話してこないのかといって」

「その女が誰か、わかったのか？」

「自分のことを、カオルといっていました」

「ほかには？　お金というのは、何のことかきいたのか？」

「きいたんですが、それが失敗でした。木戸じゃないと気づかれて、電話を切られてしまいました」

と、日下はいう。

「そうだな。木戸本人なら、何のことか知っているはずだからね」

と、十津川は笑ってから、

「しかし、収穫だよ。夜が明けてから、木戸のガールフレンドのなかに、カオルという女がいるかどうか、調べてくれ」

と、いった。

「金ですか？」

と、亀井がきいた。

「ああ。木戸は、金をもらいに、早坂みゆきを訪ねていったのかもしれないな。それも、ただもらいにいったのではないだろうね」

「ゆすりですか？」

「そんなところだろうね。だから殺された。うまいよ」

「え？」

「カメさんの作ってくれた焼きそばさ」

「ありがとうございます」

「作並か」

と、十津川は呟いた。

「いい温泉ですよ」

「さっき、仙台駅に電話したら寒くて、雪になりそうだといっていたよ」

「仙台で雪なら、作並あたりは、大雪になるんじゃありませんか」

と、亀井はいう。

「早坂みゆきは、作並に行ったのかな？　もう両親も死んで住んでいないということなんだが」

「人を殺して、絶望的になると、人間はたいてい捨ててきた郷里に、戻っていくといいますからね」

「カメさんは、やっぱりロマンチストなんだ」

「からかわんでください」

と、亀井が苦笑している。

十津川は、手帳を取り出した。原宿の早坂みゆきのマンションで見つけた預金の額が記入してある。

普通預金が、一千六百五十万円。定期のほうは、五千万円の証書が一枚と、一千万円のものが六枚で、合計一億一千万円。

その金額が、銀座のクラブのママとして、多いのか少ないのか、十津川には判断がつかない。

だが、一億円以上の預金があったことは間違いないのだ。

「木戸がもし、金をゆすりに来たのだとしたら、なぜ金を渡さなかったのかな」

と、十津川は、手帳の数字を見ながら呟いた。

「要求された金額が、大きすぎたのかもしれませんよ。それとも、彼女には一円だってやるものかという気持ちがあったのか」

と、亀井はいった。

二人は、夜明けに備えて、交代で仮眠をとった。

明るくなり、銀行が開く時間になると、十津川と亀井は早坂みゆきが取引していたM銀行原宿支店に出かけた。

支店長に会い、早坂みゆきの取引の状況をきいてみた。今度の殺人に金が絡んでいるような気がしていたからである。

「毎年一回、一千万円を下ろしていらっしゃいましたね」

と、支店長はいった。

「しかし、通帳を見ると、そんな記入はありませんが」

と、十津川はいった。

「普通預金じゃありません。定期のほうを、毎年一回、解約されていたんです。ここ、何年か」

と、支店長はいった。

「一千万の定期をですか？」

「そうです」

「毎年一回といいましたね。それは、何月ごろですか？」

「十一月の末です。だいたい十一月の二十五、六日でした。二十八、九日になることもありましたが」

　と、支店長はいった。

「ここ何年かといいましたね？」

「ええ。私が覚えているのは、三年前からですね。その前にもあったのかもしれませんが、私が、この支店に来たのが、三年前ですから」

「なぜ、普通預金から下ろさないんですかね？」

「さあ。それは私どもにもわかりません」

　と、支店長はいう。

「今年も一千万下ろしましたか？　また、解約しましたか？」

　と、亀井がきいた。

「はい。十一月二十六日に、一千万の定期を一つ解約されました。私のほうとしては、定期は、そのままにしておいて、普通預金から下ろしていただきたいんですがね」

「十一月二十六日というのは、間違いありませんね？」

　と、十津川は念を押した。

「間違いないですよ」

と、支店長はいった。

だが、原宿のマンションの部屋には、一千万円の現金はなかったし、殺された木戸康治も、持っていなかった。

すると、その一千万円は、早坂みゆきが、持って逃げているのか。

十津川が、それ以上に興味を持ったのは、毎年、十一月末に、一千万円の定期を解約してきたということだった。

仙台駅の原田助役は、早坂みゆきが、ここ三年間、十二月一日の正午に、1番線ホームに和服姿で現われ、誰かを待っているようだったといっている。

亀井は、ロマンチックに、一年に一度のデートといっていたが、そのとき早坂みゆきが、一千万円の札束を持参していたとなると、ロマンチックとは、いい切れなくなってきた。

ロマンチストの亀井も、考え込んで、

「匂ってくるのはゆすりですね」

と、いった。

「一年間に一回、一千万持って、仙台に来いというゆすりか」

「とにかく、ゆすりの線で、調べてみましょう。少なくとも、過去三年間にわたって、ゆすられていたようですし、今年も、一千万を、仙台へ持っていったわけですから、彼女が、誰かに話していたかもしれません」

と、亀井はいった。

西本たちが、その線で聞き込みに走った。十津川と亀井は夜に入って、もう一度、クラブ「綾」に行ってみた。

店は、ママが行方不明になっていても、開いていた。

十津川たちは、マネージャーやホステスたちに、早坂みゆきが誰かにゆすられていなかったかどうか、きいてみた。

「聞いていないわ。そんなこと」

と、ホステスはいい、マネージャーの広田は、

「聞いていませんねえ。もともと、あの人は、口が固かったし、プライベートなことは、話しませんでしたからね」

と、いった。

それに、毎年十二月一日に仙台へ行っていたことも知らなかったともいう。仙台へ行った日も、きちんと店には出ていたのだろう。

「つまり、それだけ早坂みゆきは、用心深く行動していたということになりますよ。自分の秘密を知られまいとしてです」

と、亀井はクラブ「綾」を出たところで十津川に、いった。

「どんどんロマンチックな匂いが、消えていくねえ」

と、十津川は、憮然(ぶぜん)とした顔になった。

「肝心の早坂みゆきは何処にいるんでしょうか？　自分が、木戸康治を殺してないのなら、早く出てきて、説明してくれればいいのに」

亀井が、腹立たしげにいった。

「宮城県警に、要請してあるから、作並温泉に隠れてでもいたら、見つけ出してくれると期待しているんだがね」

「一千万円ですが」

「うん」

「今年の分は、渡したんですかね？」

と、亀井がいった。

「仙台駅の話では、今年は、1番線ホームに、彼女は現われなかったそうだ」

「すると、まだその金は、早坂みゆきが持っている可能性が強いですね」

「そうだな」

「一千万あれば、逃走資金として、十分ですよ。それがなければ、キャッシュカードで下ろしますから、彼女が何処にいるかわかるんですが」

「いちおう、M銀行の原宿支店長には、彼女が普通預金をカードで引き出したら、連絡してくれといっておいたがね」

と、十津川はいった。

西本たちの聞き込みでも、これといった収穫はなかった。

宮城県警と仙台駅からも、早坂みゆきが見つかったという連絡は来なかった。来たのは、雪の便りだけだった。

第二章　松島海岸（まつしまかいがん）駅

1

四日の朝、原田が眼をさますと、窓が白く光っている。

起き上がって、カーテンを開けると、窓の外は一面の銀世界に変わっていた。昨日の夜半近くに降り始めた雪が、一夜にして仙台の街も郊外も白一色に染めてしまったのである。雪の季節に入ったのだ。

すでに雪は止（や）んでいて、朝の陽が射し、それが反射して眩（まぶ）しかった。一人娘で五歳になる樹里（じゅり）のはしゃいだ声が聞こえる。雪を見てはしゃいでいるのだろう。

原田は二十八歳のときに結婚した。妻の宏美（ひろみ）は大学時代のクラスメートである。結婚して六年、子供ができず、諦めかけていたときに生まれた娘だった。

樹里が生まれた日、ちょうど大型台風が仙台地方を襲い、原田は助役として徹夜で駅に泊まり込み、線路の確保と乗客の安全のために働いていた。台風が去り、疲れ切って帰宅したとき、生まれたことを知らされたのである。

原田は来年の三月で四十歳になる。娘の樹里が二十歳になったとき、五十四歳である。

最近はときどき、そんなことを考えるようになった。

原田は、いつものように仙石線で仙台駅に向かう。

仙石線は、松島方面への観光ルートであると同時に、最近は仙台へ向かう通勤、通学列車でもある。原田が現在住んでいる多賀城も、彼が子供のころは一面の田園風景だったのに、今はマンションが林立するベッドタウンになっている。

多賀城から仙台まで、普通で二十分。快速を使えば、十二分で着く。ところが、そのあと仙台駅の駅舎まで、長い距離を歩かなければならないのである。

仙石線の仙台駅のホームは本駅から離れた場所に作られているため、地下通路を延々と歩くことになる。ラッシュアワーのときなどは、狭い通路に通勤客があふれるのだが、今日の原田は午前十時出勤なので、地下通路はすいていた。

ただ、通路には雪が散っていた。通行した客が撒き散らしたものだろう。

てしまった。

原田はそれに足を取られて、危うく転倒しかけて、反対側から来た女性にぶつかってしまった。

立ち直って、「失礼」と原田が詫びると、

「いいえ」

と、相手は短くいった。

白いコートの襟を立て、うすいサングラスをかけた女だった。

そのまま原田は二十メートルほど、地下通路を歩いてから、

「あッ」

と、小さく口の中で叫んで、立ち止まった。

(あの女じゃないか?)

と、思ったのだ。

毎年十二月一日に、1番線ホームで誰かを待っている、あの女だった。

警察から照会があった女でもある。今、すれ違った女は和服ではなかったが、よく似ていたのだ。

原田は地下通路を、引き返した。

その通路がゆるい上り坂になって、それを駆け上がると仙石線のホームになる。

改札口を通って、ホームに入った。が、ホームに彼女の姿はない。普通車が、端のホームに入っていた。原田は二両編成のその車両に飛び込んで、車内を見ていった。

だが、何処にも、女の姿はなかった。

何処へ消えたのだろうか？　と考えてから、隣りのホームから一〇時〇二分発の快速が、出たばかりなのに気がついた。終点、石巻(いしのまき)行きの快速である。

それに乗ったのか。あるいは、この仙石線の仙台駅独自の出口もある。仙台の街へ出る出口である。

そこから出たのだろうか？

とにかく、見失ってしまったので、原田は仕方なく地下通路へ引き返すことにした。

駅長事務室で、昨日、宿直した鈴木(すずき)助役と事務引継ぎをする。

「何か心配ごとかね？」

と、先輩の鈴木がきいた。

原田はとっさに、どう答えてよいかわからなくて、

「いえ、何でもありません」

と、答えた。

地下通路で会った女が、問題の早坂みゆきだという自信がなかったからである。

仕事についてからも、女のことが頭から離れてくれなかった。自信はないが、警察に知らせるべきだろうか？　もし、まったくの別人だったら、不必要な混乱を招いてしまうことになる。

迷いに迷った末、原田は駅長に相談し、中央警察署に連絡をとった。

午後になって、原田は突然、十津川警部の訪問を受けた。

「電話でと思ったのですが、重要なことなので来てしまいました」

と、十津川は笑顔でいい、同行した色の浅黒い刑事を、亀井刑事ですと紹介した。

原田は、十津川と前に電話で話をしている。東京で殺人事件が起きた直後だった。

そのとき、声の調子から勝手に大きな男を連想したのだが、こうして実際に会ってみると、中肉中背の平凡な感じの男である。

原田がそんなことを考えていると、十津川が、

「県警からの連絡では、その女は和服ではなく、白いコート姿だったということでしたが」

といった。

「そうです。カシミヤの白いコートを羽織っていました。それに、薄いサングラスをかけていて――」

と、原田は説明してから、

「中央警察署の人にもいったんですが、早坂みゆきという人に間違いないかどうか、自信がないんですよ。ぜんぜん、服装も違いましたしね」

「だが、彼女かもしれないと、思われたんでしょう？」

「ええ。だから、警察に電話したんですが。中央警察署の刑事さんにいろいろきかれているうちに、だんだん自信がなくなってしまって」

と、原田はいった。

十津川は、笑って、

「そんなものですよ。私も公判で、弁護士に細かいことを突っつかれると、次第に自信がなくなることがありますよ。しかし、私は人間の直感を信じるんです。あなたが、その人を地下通路で見たとき、彼女じゃないかと直感したんでしょう？」

「そうなんですが、立ち止まって観察したわけじゃありませんから」

原田は自信がなくて、そんないい方をした。

「それでいいんです。ところで、その女は仙石線に乗ったんですね？」

と、十津川はきいた。

「と思います。私が仙石線のホームに戻ったとき、彼女の姿はありませんでしたし、その直前に石巻行きの快速が出ていますから」

「石巻行きというと、有名な松島に行きますね？」

「ええ、松島海岸という駅があります。そこにも停まります」

と、原田はいった。

十津川は一緒に来た亀井刑事に、

「カメさん。行ってみようか」

と、声をかけた。

2

早坂みゆきの郷里は作並だが、そこに彼女の両親はもういない。親戚もである。

十津川が松島に行く気になったのは、その後の捜査で、早坂みゆきがホステスの一人に、松島の美しさについて話していたと聞いたからである。

十津川と亀井は、原田助役に教えられた地下通路を歩いて、仙石線のホームへ出た。

松島海岸までの切符を買い、ちょうどホームに入っていた一五時〇二分発の快速に乗り込んだ。

ひと昔前は、ローカル線の車両といえば本線からの払い下げのような、くたびれたものが多かったが、今はぴかぴかの新車が多くなった。

二人の乗った車両も、ジュラルミン製の真新しいものだった。

面白いのはドアの開閉だった。閉まるときは一斉に閉まるが、開けるときは乗客がドアの傍についている赤いボタンを押さないと、開かないのである。

乗客の出入りがないのに、いちいちドアが開いていたのでは、せっかくの車内の暖房が逃げてしまうかららしい。北の寒い地方を走る列車の知恵らしいが、初めてこの列車に乗る人間は戸惑うだろう。ホームで待っていても、降りる乗客がいないと、眼の前のドアは赤いボタンを押さないかぎり、開かないからだ。

まだ、夕方のラッシュアワーには時間があるので、車内はすいていた。

二人は座席に腰を下ろした。ゴム長をはいた地元の人らしい客が乗っている。陽が昇ってから、雪が溶け始めて、地面がぬかるんでいるのだろう。

「あの助役が見たのが、早坂みゆきとしてですが――」

と、亀井がいう。

「どうも、わからないことがあります」

「彼女が、なぜ、仙台にとどまっているのかということだろう？」

「そうです。警察が仙台周辺を探していることは、彼女にもわかっているはずです。さっさと逃げればいいのに、なぜ、ここにしがみついているんでしょうか？」

亀井が、不思議そうにいう。

「何か、仙台にとどまっていなければならない理由があるんだろうね」

と、十津川はいった。

「警部は、どんな理由だと思われますか？」

「毎年、十二月一日に、彼女は仙台駅の1番線ホームで、誰かを待っていた」

「一千万円を持ってです」

「ああ、そうだ。今年の十二月一日は東京で殺人事件が起きて、彼女は1番線ホームに行けなかった。あの助役が、今年は彼女を見なかったといっているからね。彼女はどうしても、誰かに会わなければならないんじゃないのかな？　だから、仙台に残っている――」

と、十津川はいった。

「どんな相手ですかね？　一千万円を毎年渡していたとすれば、相手は彼女をゆすっていたことになりますが」

「そこが、よくわからないんだよ。その相手は、どうやら、東京で殺された木戸ではないことが想像がつく。木戸が相手なら、おとなしく、例年のように、仙台駅の1番線ホームで待っていればいいんだからね」

と、十津川はいった。

列車は、多賀城、本塩釜(ほんしおがま)と停まっていく。

次が松島海岸である。夏なら、観光客や海水浴客であふれるのだろうが、今は降りたのは十津川と亀井のほかは三人だけだった。

車内が暖房されていたせいで、ホームに降りると、寒さがどっと二人の身体を押し包む感じがした。

狭い小さな改札口を出る。

雪が溶けて、駅舎の屋根からぼたぼたと落ちている。それを避けるようにして、二人は外に出た。

駅前が、海岸沿いの公園になっていて、松島めぐりの遊覧船の看板が出ている。冬期でも、海が穏やかなときは、船が出ているのだろう。

「海の匂いがするね」

と、十津川は嬉しそうにいった。十津川は高所恐怖症のせいか、山は苦手で海のほうが好きだった。

雪は、まだ十分残っていたが、それでも道路はぐしゃぐしゃになっている。二人は、革靴に染み込んでくるのを気にしながら、土産物店の並ぶ道路まで、歩いていった。

海沿いの国道45号である。

山側には土産物店やホテルが並び、山の上には有名な瑞巌寺がある。

反対側の海岸には、水族館や伊達政宗が再建したといわれる五大堂が見える。

五大堂の近くの栈橋からは、遊覧船が出ていた。いろいろなコースがあって、芭蕉コースというのもあり、ここが『奥の細道』の舞台であることを、十津川に思い出させた。

栈橋の近くに、観光バスが一台停まっていて、三十人くらいの中年男女の団体が、ぞろぞろと降りてくるところだった。

十津川は、東京から持ってきた早坂みゆきの何枚かの写真を使って、亀井と聞き込みをやってみることにした。

タクシーの運転手に見せ、土産物店できく。何軒かのホテル、旅館でも、フロントで聞き込みをやった。

ほとんどの相手が、首を横に振ったのだが、たまたま疲れてコーヒーを飲みに入った喫茶店のマスターが、彼女の写真を見て、今日、見たような気がするといった。

小さな喫茶店で、中年夫婦が二人だけでやっている店だった。念のために、十津川が写真を見せたところ、マスターが肯（うなず）いたのである。

奥さんのほうも、夫のマスターに促（うなが）されて写真を見てから、

「今日、来たお客さんだと思いますよ」

と、いった。

「どんな服装でした？」

と、十津川がきくと、奥さんのほうが、

「たしか、白っぽいコートを着ていらっしゃったわ」

と、いった。

それなら、原田助役が見た女に違いないと、十津川は思った。

「今日の何時ごろ、ここに来たんですか？」

と、亀井がきいた。

夫婦は相談するように、顔を見合わせていたが、

「午後二時ごろだったかしら」

と、奥さんのほうがいった。

「疲れたような顔をしていましたよ」

と、マスターが続けた。

原田助役は、一〇時〇二分仙台発の快速に乗ったと思うといっていた。その列車が、松島海岸駅に着くのは一〇時二六分である。

午後二時に、この喫茶店に来たということは、その間、松島海岸を歩き回っていたということだろうか？　それとも、終点の石巻にでも行って、引き返してきたのか。

「彼女と何か喋（しゃべ）りましたか？」

と、十津川がきいた。

「いいえ、何も。二十分ほど、黙って座っていらっしゃって、出ていかれましたよ」

と、マスターはいう。

「ひとりで来たんですね？」

と、十津川は念を押した。

「ええ」

と、これは奥さんのほうが肯く。

「何か、手に持っていましたか？」

「ハンドバッグはお持ちになっていましたけど、ほかには、ああ、新聞を持っていらっしゃいましたけど」

「新聞をね。その新聞は？」

「持ってお帰りになりましたよ」

と、奥さんはいった。

「店にいる間、新聞を見ていましたか？」

と、亀井がきいた。

「ちらちらと、見ていたみたいですよ」

と、マスターがいい、奥さんが肯く。

「何新聞かわかりますか？」

「そこまでは、わかりませんねえ」

と、マスターは苦笑した。

新聞を読んでいたということから、真っ先に考えられるのは、例の事件のことが心配で、新聞にどんな記事が出ているか、それを見ていたのだろうということである。

とすると、彼女が木戸康治という男を殺していなくても、何らかの関係があるとみるのが、妥当なところだろう。

「ここから、彼女はどちらに出ていったか、わかりますか？」

十津川は、店の外に眼をやってきいた。

右へ行けば松島海岸駅で、左は奥松島（おくまつしま）である。

また、夫婦は顔を見合わせて相談していたが、

「左へ行ったと思いますよ。駅へ行ったという感じはしなかったから」

と、マスターはいった。

3

その日、十津川と亀井は五大堂の近くにあるSホテルに泊まることにした。

松島港を見渡せる部屋だった。十津川は入るとすぐ、捜査本部に電話して、こちらの様子を知らせたあと、東京で何かわかったかきいてみた。

「カオルという女のことが、かなりわかりました」

と、西本刑事がいった。

「やはり、木戸と関係のあった女か？」

と、十津川はきいた。

「そのとおりです。フルネームは久保カオルです。二十五歳。住所は三鷹市内のマンションです」

「そのマンションを調べたのか？」

「日下と二人で調べました。が、女はすでに失踪したあとでした。久保カオルには、傷害の前科があり、暴力団の組員とつきあっていたこともある女です。木戸とは、恋人関係というよりも、木戸が彼女に使われていた感じがしますね。まあ、男と女の関係でもあったようですが」

と、西本はいった。

「それで、久保カオルの行方はわからずか？」

「わかりません。あわてて逃げ出した、という感じはします」

「木戸が殺されたので、逃げ出したのかな？」

「そう思います。現在、彼女の行方を追っているところです」

と、西本はいった。

十津川と亀井は、翌日も松島周辺を探して歩いたが、早坂みゆきは見つからなかった。

三日目の朝、このまま彼女が見つからなければ、いったん東京へ帰るつもりで、二人はホテルで朝食をとった。

十津川は食事をしながら、仲居さんが持ってきた仙台新報（せんだいしんぽう）という地方紙に目を通した。

あの殺人事件を、地方紙がどう伝えるのか、その興味で眼を通していたのだが、社会面下段の広告欄に何気なく眼を通して、「おやッ」という顔になった。

一行につき、三千円と書かれている広告欄である。

〈一日のことは謝ります。改めて七日に待ちます。M・H〉

そこに、十津川はボールペンで印をつけて、黙って亀井に示した。

亀井も見るなり、眼を光らせた。

「これは早坂みゆきでしょうか？」

と、十津川にきいた。

「M・Hで、イニシャルは合っているよ。それに一日のことを謝るという言葉も、気になるじゃないか」

「そうですね。早坂みゆきは、一日には仙台駅の1番線ホームへ行っていませんかから、それを謝っているとも考えられます」

と、亀井はいった。

「もう一つ、その広告欄の右端に、仙台広告社の案内が出ている」

と、十津川はいった。

「なるほど、営業案内ですね。一回一行につき三千円、二回連載は五千円、三回は七千五百円と出ていますね。申し込みの方法も書いてありますが、これが何か？」

と、亀井がきく。

「一昨日、あの喫茶店のことだよ。マスターの奥さんが、早坂みゆきと思われる女が新聞を持っていて、それをときどき見ていたといった。しかも、その新聞が何新聞かわからないといっていたということは、彼女がその新聞を持ち去ったということだよ」

と、十津川はいった。

「彼女が、東京の殺人事件のその後を知りたくて新聞を見ていたと、われわれは考えたんでしたね」

「ほかに考えようがなかったからだ。だが、一昨日のどの新聞にも、東京の殺人事件のその後なんて載っていなかった。それなのに、彼女はその新聞を持ち去った。つまり、彼女はそのとき、広告の記事と、どこに連絡すれば広告を載せてもらえるかを見ていたんだ。今、それを考えたんだよ。ただ、一昨日の仙台新報にも、広告案内の記事が出ていればだが」

と、十津川はいった。

「調べてきます」

亀井は、すぐ部屋を出るとフロントまで降りていき、一昨日の仙台新報を持って戻ってきた。

「借りてきました。これにも広告案内が載っていますよ」

と、亀井はいった。

「七日というと、明日だな」

十津川は自分にいい聞かせるように、呟いた。

「場所は、仙台駅の1番線ホームでしょうか？」

と、亀井がいう。

「原田助役の話では、早坂みゆきが1番線ホームに姿を見せるのは、昼の十二時ころだといっていた。もし、今度もそのとおりなら、明日の十二時に仙台駅の1番線ホームということになる」

と、十津川はいった。

「どうしますか?」

「もちろん、明日の正午に1番線ホームに行くよ」

と、十津川はいってから、

「その前に確認しておかなければならないことがある」

「わかっています。仙台新報の広告会社へ行って、問題の広告を出した人間が誰かきくわけでしょう?」

「そのとおり」

と、十津川は肯いた。

ホテルには、もう一日滞在を延ばしておいてから、二人は仙石線で仙台に向かった。

仙台駅からは地図で確かめ、青葉(あおば)通りを青葉城の方向に歩く。一番町の手前で右に折れたところに仙台新報社があり、広告会社のほうはその裏手にあった。

十津川が、最初から警察手帳を見せて、問題の広告について、依頼者を教えてほしいといった。

営業主任の名刺を見せた男は、

「依頼者の秘密は、明かせません」

と、固い表情でいった。

「私たちは殺人事件の捜査で、東京からやってきています」

「そうかもしれませんが、この広告の依頼者がそちらの殺人事件と関係があるかどうか、わからんのでしょう？」

と、相手はいった。

十津川は、相手の名刺に眼をやって、

「藤井さんとおっしゃるんでしたね。私たちは何の根拠もなしにいっているわけじゃありません。問題の広告を依頼してきたのは、この女性でしょう？」

と、早坂みゆきの写真を二枚、前に置いた。

藤井の表情が変わって、

「知っているのなら、なぜ、わざわざ僕にきいたんですか？」

と、きき返してきた。

十津川は、やはりと肯きながら、

「確認したかったのです。彼女の名前もわかっています。東京で起きた殺人事件の重要参考人なのですよ。彼女は、いつ、こちらにあの広告を依頼に来たんですか？」

「昨日の午前十一時でしたね。明日と明後日の二日間、朝刊に載せてほしいといわれましてね」

「今日と明日の朝刊ですね」

「そうです」

「彼女は、何という名前で依頼したんですか？」

「広瀬麻美子といわれましたね。それでM・Hなのかと思ったんですが、偽名ですか？」

と、藤井がきく。

「ちょっと違いますね」

と、十津川は微笑した。

藤井は弁明するように、

「もちろん、料金を払ってくれましたし、広告の文面も危険なものではなかったので、そのまま、今日の朝刊に載せたんですが」

「いや、構いませんよ。私たちも、あの広告が載ったので助かったのです。彼女の行方がわからずに、困っていましたから」

と、十津川はいった。

「明日の朝刊にも、同じ広告を載せて構いませんか？」

「構いませんよ。明日も載せてくれたほうがありがたいのです」

と、十津川はいった。

亀井が、横から藤井に、

「彼女は、何処に住んでいるといっていました？」

と、きいた。

「一応、住所を書いてもらいましたが、名前が偽名だとすると、こちらも信用できませんね」

と、藤井はいい、「仙台市青葉区国分町（こくぶんちょう）×丁目スカイハイツ５０２号」という住所を教えてくれた。

十津川は念のために、その住所を手帳に書き写してから、

「ここへ来たときの彼女の様子は、どんなでしたか？」

と、きいた。

「ひどく、真剣でしたね。必ず、明日、明後日の朝刊に載せてください、文章を間違

えないでほしいと、何度も念を押していましたね」

と、藤井はいった。

「ここへ来たとき、白いカシミヤのコートを着ていましたか？」

「ええ。確かに白いコートでした」

4

十津川と亀井は、藤井にだいたいの地理を教えてもらい、青葉区国分町×丁目スカイハイツを探してみた。

しかし、スカイハイツというマンションは見つからず、そこにあったのは五階建ての雑居ビルだった。

やはり、仙台新報の広告会社に、彼女がいった住所は、でたらめだった。予想されていたので、別に失望しなかった。第一、東京の彼女が仙台のマンションに住んでいるというのは、おかしかったのだ。

二人は仙台駅に引き返し、二階コンコースにあるレストランで、昼食をとることにした。

「県警に知らせますか？」

と、食事の途中で、亀井がきいた。

「ここは仙台だ、一応、連絡しておかなくてはいけないだろう」

と、十津川はいった。

「しかし、仙台駅の1番線ホームにどっと押しかけてこられたら、早坂みゆきは逃げてしまいますよ」

「その点は、十分に注意して行動してもらうよ。今後も、宮城県警には、捜査に協力してもらわざるをえないんだ。連絡を取っておく必要があるよ」

と、十津川はいった。

昼食をすませたあと、二人は中央警察署に出向き、署長に会って、前に早坂みゆきのことで、電話で依頼したことの礼をいった。

「彼女の行方は、こちらでも追っていますが、まだわかりません」

と、署長はいう。

「それが少しわかってきました」

と、十津川はいい、仙台新報の広告を署長に見せた。署長は、

「これが早坂みゆきが出したものだということは、間違いないんですか？」

と、きく。

「間違いありません」

十津川は、きっぱりといった。

「すると、明日正午に仙台駅の1番線ホームに、早坂みゆきが現われるということですね？」

と、署長が確認するようにいう。

「そう、確信しています」

「こちらとしては、協力するのにやぶさかではありませんが、1番線ホームを包囲すればいいですか？」

と、署長がきいた。

「ありがたいですが、あまり大げさにしては、早坂みゆきが警戒して、姿を現わさない恐れがあります」

と、いった。

「では、どう協力したらいいんですか？」

署長は、眉を寄せてきいた。

「人数は少ないほうがいいと思っています。私と亀井刑事のほかに、五、六人で十分ですし、そのくらいなら、早坂みゆきに気づかれないですむと思います」

と、十津川はいった。

署長は、中田という三十代の若い警部を呼んで、

「この男に話してください」

と、十津川にいった。五、六人の応援なら、署長の自分が乗り出すまでもないと思ったのだろう。

中田は細面で、どこか冷酷な感じのする男だった。その代わり、頭の切れる感じもする。

中田は、仙台駅の平面図を持ってきて、机の上に広げると、

「1番線ホームに、早坂みゆきが現われた場合、ここと、ここに、二名ずつ配置すれば、彼女は、逃げられないはずです。それに、線路をへだてた2番線ホームにも二名として、全部で六名で十分でしょう」

と、早口に説明した。

「それを、そちらでやってくださるわけですね？」

と、十津川はきいた。

「警視庁の要請ですからね」

中田は、皮肉のような感じのいい方をした。

「そうしてくだされば、私と亀井刑事は安心して早坂みゆきに近づけます。ただ、彼女の姿を見ても、包囲した形で、しばらく見守っていてほしいんですよ」

と、十津川がいうと中田は、

「わかっています。早坂みゆきも押えたいが、彼女に会いに来る人間も、押える必要がありますからね」

と、先回りするようないい方をした。

十津川は微笑して、

「そのとおりです。どんな人間が早坂みゆきに会いに来るのか、確認したいのですよ」

と、いった。

「十津川さんは、どんな人間が現われると思っているんですか？」

「正直にいって、まったく見当がつきません」

と、十津川はいった。

「警視庁の警部さんにもわかりませんか」

中田は小さく笑った。

亀井はむっとした顔になっているが、十津川は笑って、

「私にもわからないことは、いくらでもありますよ」

と、いった。

そのあと中田に、早坂みゆきの顔写真を渡し、明日の刑事たちの配置について、入念に打ち合わせしてから、十津川は亀井と中央警察署を出た。

亀井が何かいいかけるのを、十津川は手で制した。

「何もいいなさんな」

「しかし、若いくせに生意気なことをいいやがって――」

と、亀井がいう。

「生意気であることは若者の特権だよ」

「私は警部みたいに、物わかりはよくありませんよ」

と、亀井はいった。

十津川は駅に向かって歩きながら、

「原田助役にも、話をしておいたほうがいいだろうね」

と、亀井にいった。

「必要でしょうか？」

「原田助役を始め、仙台駅の駅員の多くが、早坂みゆきについて、謎の美女ということで、関心を持っているんだ。何も知らせずに、明日、彼女が1番線ホームに現われたら、大騒ぎになってしまう恐れがある」

と、十津川はいった。

「そうですね。とくに原田助役は、彼女に強い関心があるみたいですから」

と、亀井もいった。

二人は仙台駅に入り、もう一度、原田助役に会った。

十津川が、仙台新報の広告欄を見せて説明すると、原田はびっくりして、

「私の家も仙台新報をとっているんですが、まったく気がつきませんでした。さすがは刑事さんだ」

と、いった。

「偶然気がついただけです。それで明日のことですが――」

と、十津川がいいかけると、原田は心得て、

「1番線ホームに彼女が現われても騒がず、気づかないふりをしていればいいわけでしょう？」

「そのとおりです。一人でも騒げば、彼女は逃げてしまいます」

「全員に伝えましょう」

と、原田はいった。

十津川と亀井は、駅長にも協力を頼んでから、松島海岸のホテルに帰ることにした。

東京から電話がかかったと知らされて、十津川はすぐ西本刑事に電話を入れた。

「何かわかったのか？」

と、十津川がきくと、西本は、

「久保カオルですが、前に一度、早坂みゆきのクラブで働いていたことがわかりました」

「本当か？」

「働いていた期間は半年ほどですが、店では本名のまま、カオルと呼ばれていたそうです」

「やめたのはいつだ？」

「今年の十月です」

「最近だね」

「二ヵ月前です。クラブのマネージャーの話では、店にあった金を盗んだので、ママの早坂みゆきがやめさせたということです」

「それでカオルは早坂みゆきを恨み、ボーイフレンドの木戸に、彼女を脅迫させたという図式になるのかね？」

と、十津川はきいた。

「私もそう考えて調べていったんですが、クラブのホステスのなかに、カオルが店の金を盗んだというのは嘘じゃないか、という女が出てきました」

と、西本はいう。

「どっちが本当なんだ？」

「わかりませんが、そのホステスの話ではカオルというのは、酔うとお客に絡んだり、ときどきはしつこい客を殴ったりしたこともあるが、お金を盗むようなことはしないというのです。それに、店に現金はあまり置いてないはずだともいっています」

「しかし、マネージャーの広田は、彼女が店の金を盗んだから、やめさせたといっているんだろう？」

「そうです。マネージャーの言葉どおりなら、店にあった百五十万の金をカオルが盗んだことになります」

「百五十万か」

「そうです」

「それでママの早坂みゆきは、カオルを告訴したのかね？」

と、十津川はきいた。

「いえ。告訴はしていません」

「百五十万円も盗られて鷹揚なものだな」

「それは私も感じましたので、マネージャーにその点をきいてみました」

「どういってるんだ？」

「肝心のママが、今、行方不明なのでわからないが、告訴しても、百五十万円が返ってくるものでもないし、告訴の手続きなどが面倒なので、ママはしなかったんじゃないか、といっていましたね」

「君は、その説明では、すっきりしないんだろう？」

「しませんね」

「それなら引き続いて調べてみてくれ。久保カオルが何処に消えたかは、わからないのか？」

と、十津川はきいた。

「残念ながらわかりません」

「彼女の生まれたのが東北、それも仙台ということはないのかね？」

「東北ですが、仙台ではありません。岩手県盛岡です」

「そこにまだ誰か住んでいるのか？」

と、十津川はきいた。

「父親が住んでいます。五十一歳の父親は、警察官をしていたんですが、五年前に退職して現在盛岡市内で私立探偵をやっています」

「私立探偵か」

「そうです。カオルが、盛岡の実家に帰っているのではないかと考えまして、岩手県警に調べてもらいましたが、彼女は実家に帰っていないとわかりました」

「カオルは、その父親と折り合いが悪かったのかね？」

と、十津川はきいた。

「そのへんのところはわかりませんが、警察官をしていたころの父親とは、折り合いが悪かったと思いますね。それで彼女は高校を中退して、東京に出てきてしまったんでしょう。現在はわかりません」

「子供はカオルしかいないのか？」

「いません。彼女が唯一の子供です」

「父親が警察官をやめた理由は、わかっているのか？」

「今のところ、わかりません。岩手県警では、一身上の都合としかいっておりませんので」

と、西本はいった。

「そのへんのところも、詳しく調べておいてほしいな」

と、十津川はいった。

「それが、今度の事件に関係があると思われるんですか？」

「どうも久保カオルのことが気になるんでね」

と、十津川はいった。

「わかりました。引き続き、久保カオルの父親について調べます。早坂みゆきは見つかりそうですか？」

と、最後に西本がきいた。

「明日、彼女に会えると期待しているよ」

と、十津川はいった。

5

翌七日。

朝から快晴だった。それを十津川は縁起のよさと受け取った。

早めに朝食をとり、ホテルの支払いをすませて、亀井と出かけた。

四日に降り積もった雪は、すでにあらかた溶けてしまっている。この辺りの本格的な雪のシーズンは、年を越してからなのかもしれない。

仙石線を使って仙台駅に着いたのは、午前九時過ぎだった。

県警の中田警部と六人の刑事たちは、すでに駅長事務室に集合していた。

ＪＲ側から、原田助役と片山主任が出席し、改めて1番線ホーム周辺の配置について、確認し合った。

1番線ホームに出入りする方法は、次のとおりである。

仙台駅は一階でなく、二階に中央改札口が設けられているので、この中央改札口を通り、跨線橋に出て、階段を降りる方法が一つである。

この跨線橋を通れば、ほかのホームにも降りることができる。

ほかには、地下へ降りる階段がホームに二ヵ所あり、一つは南地下道への道で、もう一つは北地下道へ通じ、仙石線のホームに行くことができる。

この跨線橋と二つの地下道への道を押えれば、1番線ホームから逃げることは不可能ということになる。

ほかには、線路上に飛び降りて、隣りの2、3番線ホームに逃げることは可能だし、もし1番線ホームに列車が入ってくれば、その列車に乗り込むことは可能である。

この二つを防ぐために、2、3番線ホームは、中田警部が押え、列車のほうは、逃げ込んだ場合、原田助役と片山主任が発車を止めさせることになった。

1番線ホームには売店が二ヵ所、そばを売っている店が一つある。

この売店は「オアシス」と名づけられていて、簡単な土産物、本、雑誌、新聞などが売られている。

十一時になると、十津川と亀井が、1番線ホームに入っていった。

中田警部と刑事の二人が、2、3番線ホームに降りていき、線路越しに1番線ホームを監視する。

ほかの刑事たちは、跨線橋と地下道を押える。

もし、早坂みゆきを見かけても、すぐには逮捕しないことを申し合わせていた。彼女に会いにくる人間を確認したかったからである。

十津川と亀井は、わざと分かれて、ホームをぶらぶらし始めた。それだけでは怪しまれるので、売店の棚に並んでいる本や雑誌を見たり、公衆電話をかける真似をしたりした。

十一時三十分。まだ早坂みゆきは現われない。

十一時四十五分。二人の視界に早坂みゆきは入ってこない。

(やはり、十二時ちょうどに、彼女は姿を見せるのだろうか？)

と、十津川が思ったときだった。

ホームに置かれた屑箱(くずばこ)の一つから、突然、激しく白煙が噴き出した。

近くにいた人たちが驚いて、逃げ出した。

駅員が駆け寄ってきて、何とか白煙を押えようとするのだが、手に負えない。

もう一人の駅員が、バケツに水を入れてきて、その屑箱に注ぎ込んだ。が、白煙は逆にますます噴き上げてくる。

誰かがいたずらで屑箱の中に、火をつけたマッチを投げ込んだのではないらしい。

そのうちに、離れた場所に置かれた屑箱からも、猛烈な勢いで白煙が噴き出した。

白煙が、1番線ホームに流れ始めた。

ホームが騒然となる。

そんななかで、福島発仙台止まりの普通電車が、1番線ホームに入ってきた。一一時五二分仙台着である。

ホームの騒ぎは、一層大きくなった。

一二時〇〇分には、この1番線ホームから一ノ関（いちのせき）行きの普通列車が出発する。

駅員たちは消すのをあきらめて、白煙の噴き出している屑箱を二人がかりで、ホームの端まで運んでいくことにした。

その間も、白煙はホームを流れ続けている。

十津川は、その騒ぎの中で必死に眼を凝らして、1番線ホームを見すえた。

早坂みゆきが、現われるかもしれなかったからである。

一二時〇〇分発の下り普通列車が出ていった。が、早坂みゆきは現われない。

ホームに流れた白煙も、次第に消えていった。

駅員か乗客の誰かが驚いて、仙台駅が火事だと一一九番をかけ、消防車三台が駆けつけたが、それも引き返していった。

午後一時になって、十津川は、早坂みゆきはもう現われないと断定した。

刑事たちは、駅長事務室に引き揚げた。

「あの騒ぎは、誰かが早坂みゆきに、1番線ホームに来るなと警告したんだと思いますね」

と、県警の中田がいった。

十津川の傍にいた亀井が小声で、

「そんなことは、わかってる。誰がそんなことをしたかだ」

と、呟いた。

屑箱に投げ込まれたのは、強力な発煙筒らしかった。

「1番線ホームの二つの屑箱に、発煙筒を投げ込むのを見た人は、いませんか？」

と、十津川は県警の刑事や原田たちの顔を見た。

誰も見た者はいなかった。

全員が、早坂みゆきが現われるのを待ち構えていたのである。彼女以外の人間が、屑箱の傍にいても、注意はしなかったろう。

「やられたな」

と、十津川は亀井に小声でいった。

第三章　伝言

1

何者かが、1番線ホームで発煙筒を焚くことで混乱を起こし、早坂みゆきに警告したにちがいなかった。

いや、何者かというより、早坂みゆきが会う相手というべきだろう。毎年十二月一日に1番線ホームで会っていた相手である。

「なかなか用心深い相手だよ」

と、十津川は亀井にいった。

「男でしょうか？　それとも女でしょうか？」

と、亀井がきく。

「断定は危険だが、発煙筒を二発も投げ込んだという行動から見て、私は男だと思っている」

「あらかじめ発煙筒を持って、仙台駅にやってきたわけですね？」

「そうなるね」

「警察が張り込むことを、知っていたとしか思えませんが」

と、亀井はいった。

「一応男と見て、彼ということにしよう。彼は新聞の広告を見た。すぐ、早坂みゆきからのメッセージとわかったはずだ。われわれだって、わかったくらいだからね。彼はこう考えたんだと思う。この広告は警察も気づいたにちがいないとね。だが、彼には早坂みゆきに連絡のしようがなかった。お互いに、電話で連絡できるんだったら、早坂みゆきがあんな広告を出すはずがないからね。連絡の方法がない彼は、何とか、早坂みゆきを1番線ホームに、来させないようにしなければならなかった」

「それで発煙筒ですか？」

「そうだ。彼はどこかで発煙筒を二発手に入れ、正午直前に屑箱に放り込んだ。そうして騒ぎを起こせば、早坂みゆきが驚いて逃げると読んだんだと思うね」

と、十津川はいった。

「やはり、抜け目のない奴なんだ」

亀井が小さく舌打ちする。

「そうさ。抜け目がないといおうか、用心深い男だと思うよ」

と、十津川はいった。

問題はどんな人間かということだった。それを調べるために、仙台駅の駅長事務室に、ＪＲ側の人間と県警の刑事たちが集まった。それに、十津川も亀井と一緒に出席した。

仙台駅の1番線ホームには、監視カメラが二台設置されている。

そのビデオと警察が撮ったビデオを再生して、はたして怪しい人物が映っているかどうかを、検討することになったのである。

警察が撮ったビデオというのは、隣りのホームから1番線ホームを撮っていたものだった。

まず、1番線ホームに設置された監視カメラのビデオだった。

1番線に到着する列車と、乗り降りする乗客の姿が鮮明にとらえられている。

もともと、列車に乗降する乗客の安全のための監視カメラだから、当然のことだろう。

跨線橋からホームに降りてくる乗客、逆にその階段を上がっていく乗客の姿もはっきり映っていた。

だが、売店の陰や、列車から離れた場所にいる乗客の姿は、監視カメラから外れてしまう。これは乗客の安全のためのカメラだから、やむをえないだろう。

ホームに白煙が広がり、乗客が逃げまどう姿や、それを安全に誘導しようとする駅員の姿は、映っていたが、屑箱に発煙筒を投げ込む人間は、映っていなかった。

「だめですね」

と、助役の原田は口惜しそうにいった。

期待は、隣りのホームから1番線ホームを撮った刑事のビデオカメラのほうになった。

ただ、こちらは若い刑事が一人で撮っていたもので、8ミリビデオカメラで、そのうえ、ズームを適当に使っていたとはいえないので、画面は単調だったし、漠然とした撮り方だった。

1番線ホームに白煙が広がると、その白煙を追ってしまっている。

しかし、途中で、

「あの男！」

と、突然、中田が大声をあげた。

若い刑事が、あわてて画面を止めた。

1番線ホームで、屑箱をのぞき込むようにしている男が、小さく映っていたのだ。

カメラはほかの乗客を追っているので、屑箱の傍の男はぼやけている。

長身で黒っぽいコートを着て、サングラスをかけた男だった。顔ははっきりしない。

それに、その男は一瞬しか映っていなかった。

ビデオカメラを全部再生してみたが、ほかの場面には、この男は映っていなかったからである。

「もう少し、この男をカメラで追っておけばよかったんだ」

と、中田は若い刑事を叱りつけたが、すでに手遅れといっていいだろう。

この一瞬の画面を、頼るしかないのである。

顔はわからないが、十分に価値のあるものだともいえる。

今まで、早坂みゆきの相手については、まったく不明だったからである。

とにかく男だということは、まず間違いないだろう。

そして、かなり背が高い。

たぶん、百八十センチ前後だろう。そして痩せている。

黒っぽいコートとサングラス。こちらにあまりこだわることは危険かもしれなかった。

いつもサングラスをかけているとは限らないし、いつも黒っぽいコートを着ているとも限らないからである。

画面を引き伸ばすことになった。

2

この作業は東北大学の協力を求めて、慎重に行なわれた。

引き伸ばせば、当然、画面は荒れてボケてくる。それをコンピュータを使って、画面を修正していく。

そして、できあがった写真がコピーされて、刑事とＪＲの人間に配られた。聞き込みに使うためだった。

十津川たちもその一枚をもらった。

それを二人は、仙台市内のホテルに入ってゆっくりと眺めた。

「うまく、できていますよ」

と、亀井はコンピュータ処理された写真を見て、感心したようにいった。

ただ引き伸ばしたのではボケてしまうのを、コンピュータ処理で、かなり鮮明な状態で引き伸ばされている。

横顔だが、鼻が高くとがっているのがよくわかる。ちょっと頬骨が高い。

明日になれば、同じくコンピュータ処理で、正面の顔もできあがってくるということだった。

おそらく、厖大な統計から正面の顔が作られるのだろうが、十津川には詳しくはわからない。

ただ、十津川にも亀井にも刑事としての経験がある。

刑事だったことで、ほかの人たちより豊かなものがあるとすれば、さまざまな人間を観察してきたという経験である。

それも、強盗、殺人といった人間の極限の状況のなかでの、人間観察である。相手はその犯人であったり、被害者であったりするが、どちらにしろ、極限状況に置かれた人間である。

いいかえれば、人間の素顔が丸見えになった状況である。

今回も、東京で殺人事件が起きていた。

この写真の男も、その殺人事件の渦中（かちゅう）にいると見て、いいのではないだろうか？

「意志は強そうだな」

と、十津川はいった。

「こういう顔つきの男と、暗闇の中で会いたくありませんね」

と、亀井は苦笑して見せた。

「カメさんでも、嫌かね？」

「嫌ですね。怖いですよ」

「私はこの写真を見ていて、二年前の連続殺人事件の犯人のことを思い出したんだ」

と、十津川はいった。

「ああ、石黒（いしぐろ）という犯人――？」

「そうだ」

「そういえば、雰囲気が似ていますね」

と、亀井はいった。

「あの男は三十七歳だった。この写真の男もそのくらいの年齢に見える」

「そうですね。冷静で正確に人殺しをしていく、怖い男でしたね。きちんと止（とど）めを刺す。あいつに狙われたら、助からないなと思ったのを覚えていますよ」

と、亀井はいった。

「あの石黒も、警察の先回りをして、われわれを口惜しがらせたが、この写真の男も同じだな。昨日、仙台駅でわれわれを出し抜いた」

と、十津川はいった。

亀井はその写真の横に、早坂みゆきの顔写真を並べた。

「この二人は、いったいどんな関係なんでしょうか？」

「毎年、彼女は一千万円をこの男に渡していたことは、まず間違いないだろうね。今年も渡すつもりでいると思っている」

と、十津川はいった。

「ゆすりですか？」

と、亀井が直截（ちょくせつ）にきく。

「まあ、考えられるのは、その線なんだが――」

「ただ、ゆすりなら、わざわざ仙台駅の1番線ホームで会って渡さなくても、銀行口座を作っておいて、そこへ振り込ませればいいと思うんですが」

亀井が疑問を口にした。

「たしかに、カメさんのいうとおりだ」

「そうしないのは、この男の都合なんでしょうか？　それとも早坂みゆきの都合なんでしょうか？」

と、亀井がきく。

「ゆすりだとすれば、早坂みゆきのほうが、わざわざ一千万円を持って、仙台まで出かけていくことはないだろうね。ゆすりの相手の顔を見るのだって、癪だろうから、銀行振込みにしたいと思うよ。となれば、仙台駅の1番線ホームで、十二月一日に会うというのは、男のほうの要求としか考えられないね」

と、十津川はいった。

「しかし、警部。男にとっても、危険なデートだという気がしますが」

と、亀井はいった。

「ああ。それはそうだな」

「そのリスクがあっても、男は毎年一回、早坂みゆきを仙台駅に呼びつける。その理由は何ですかね？　まさか、彼女が美人だから、顔を見たいわけでもないと思いますが」

「ゆすりだとすれば、だろう」

「もちろん、そうです」

「その理由がわかれば、この男と早坂みゆきの関係も、自然にわかってくると思っているがね」

と、十津川はいった。

「早坂みゆきは、もう一度、この男と会おうとすると思われますか？」

と、亀井がきいた。

「それが問題だな」

十津川はあらためて、男の写真に眼をやった。

昨日、彼らは失敗した。男の機転で二人とも逃げたが、次はどうやって連絡をとるつもりでいるのだろうか？

新聞の広告は、もうやらないだろう。

電話ができるくらいなら、昨日も電話で打ち合わせているだろう。

ほかにどんな連絡の方法があるのか？

「わからないな」

と、十津川は呟いた。

翌日、仙台中央警察署で捜査会議が開かれたが、そこでも早坂みゆきが男に対して、どんな方法で連絡をとるかが問題になった。

「その前に、早坂みゆきが、毎年一千万円もの大金を渡している男の電話番号も、住所も知らないというのは、どういうことなのかね？」

と、捜査本部長になった生田という県警本部長が、刑事たちの顔を見回した。

「これは明らかにゆすりだと思っています。ゆすっている男としては、自分の住所や電話番号は、知られたくないでしょうから、教えないと思います」

といったのは中田警部だった。

「それで、毎年十二月一日に、仙台駅1番線ホームを指定していたということかね？」

生田がきいた。

「あのホームを指定したのは、男のほうだと思います」

と、中田が答えた。

「一昨日で、1番線ホームはもう使えないと、早坂みゆきも男も思ったはずだ。となると、次はどこで会うと思うね？」

「それよりも、早坂みゆきが、どうやって男に連絡をとるかでしょう」

と、中田はいった。

やはり、同じことを考えているなと、十津川は聞いていて、微笑した。

生田本部長は肯いて、

「そうだな。新聞広告はもう使わんだろう」

と、いう。

「男が何をやっている人間かわかれば、多少は見当がつくんですが——」

「たとえば、どういうことだ？」

「男がタクシーの運転手だとすれば、仙台市内のタクシー会社全部に電話して、十二月の何日の何時に、どこそこのホテルに迎えに来てくれと予約を入れる。何々ホテルの××号室だといってです」

と、中田はいった。

「それが男に対する呼びかけというわけか？」

「そうです」

「ちょっと苦しいな」

と、生田はいった。

たしかに苦しい。それに、男がタクシーの運転手かどうかも、わからないのだ。

結局、この件でいい考えは浮かばなかった。

「早坂みゆきは、まだ、仙台の近くにいると思うかね？」

と、生田本部長はいった。

「いると思います」

と、中田はいった。

「それで、聞き込みは続けているんだろう？」

「仙台市内と周辺のホテル、旅館は、しらみつぶしに当たっています。東京の殺人事件の重要参考人ですからね」

と、中田はちらりと十津川を見てから、

「今のところ、仙台市内、秋保、作並、それに松島のホテル、旅館に、早坂みゆきが泊まっていないことは、わかりました。今後は範囲をさらに広げて、聞き込みをやるつもりでいます」

「宮城県の外も調べる必要があるんじゃないか。東北新幹線に乗れば、あっという間に、岩手県でも福島県でも出られるからな」

と、生田はいった。

「今日、早坂みゆきが見つからなければ、周辺の県警にも協力を要請するつもりです」

　と、署長が生田に答えた。

　コンピュータによって作られた男の正面の写真も、刑事たちに配られた。

「この男は、この仙台に住んでいると思うかね？」

　と、生田がきいた。

「仙台駅にこだわっていることを考えると、この街に住んでいると見て、いいんじゃありませんか」

　と、中田がいった。

「逆のことも考えられます」

　と、署長がいった。

「逆――というと？」

「早坂みゆきは、東京から一千万円を持って、仙台にやってくる。男のほうもどこか盛岡あたりから仙台にやってきて、そこで会って金を受け取る。そんなことになっていたのかもしれません。いや、もっと遠い、青森のあたりからやってくるのかもしれませんせん」

　と、署長はいった。

「早坂みゆきと男が中間地点の仙台で、毎年十二月一日に会っていたということか？」

「そうです」

「それはないと思います」

と、中田がいった。

「理由は？」

と、生田がきく。

「早坂みゆきが広告を載せた仙台新報は、ほとんど仙台市内とその周辺でしか売られていません。宅配もです。とすると、男が仙台から離れた場所に住んでいることは考えにくいのです」

と、中田はいった。

「なるほどね。たしかにそのとおりだ」

と、生田は肯いてから、

「幸い、正面の顔写真もできたんだから、仙台市内で、この男のことも、聞き込みに回ってみてくれ」

といった。

十津川は意見を求められなかったので、黙って聞いていた。

3

捜査会議が終わると、十津川と亀井は中央警察署を出た。

午後二時を回ったところだった。

晴れているのだが、寒い。二人は仙台駅まで歩き、構内の喫茶店に入って、コーヒーを注文した。

コーヒーを飲みながら、コンピュータ処理した男の正面写真を見つめた。

細面の鋭い感じの顔である。ただ、サングラスをかけているので、男の表情はわからない。

「中田という若い警部もなかなかやりますね」

と、亀井がいった。

「男が仙台に住んでいると断定したことか？」

「そうです。上司である署長の考えを、あっさり否定しましたからね。勇気があるというか、若いというか――」

「しかし、カメさんだって、男がこの仙台市内にいるというのは、賛成なんだろう？」

と、十津川は笑った。

「たしかに賛成です」

「ということは、早坂みゆきも知っているわけだよ。だから、地方紙の仙台新報に、あんな広告を載せたんだ」

と、十津川はいった。

「しかし、正確な住所も電話番号も知らない――」

「そうなるね」

「男の名前はどうですかね？　名前も知らないんでしょうか？」

と、亀井がきいた。

「かもしれないな。ゆすりをするには、いちばん都合がいいだろう。名前も住所も電話番号も知られずに、相手をゆすり続ける。しかも、一年に一千万円もだ。ゆすりとしたら絶好だろう」

「たしかにそうですね。ゆすりとしては理想的です。顔は知られているが、名前も住所も電話番号も、相手は知らないというのは」

「そんな相手にゆすられているほうから、どうやって連絡をとるかだね」

と、十津川はいい、煙草に火をつけた。

「新聞の広告を除外してですね？」

「そうだ」

「住所がわからないから、手紙は出せない。番号がわからないから、電話も駄目。新聞も使えないとなると、あと残る通信手段は――」

と、亀井が考え込む。

「テレビか、ラジオ」

と、十津川はいった。

「そうです。残る通信手段はテレビかラジオです」

亀井が眼を光らせていった。

「たぶん、テレビでなくてラジオだろう。ラジオのほうが聞き手が参加しやすいからね」

と、十津川はいった。

「仙台市民がいちばんよく聞くラジオ、ということになりますね」

「まず、それを調べよう」

と、十津川はいった。

中央警察署の中田に会いに行き、この仙台でいちばんよく聞かれている、ラジオ放送のことを教えてもらった。

いちばん人気があるのは、ラジオ・センダイだという。

「その局に人気のリクエスト番組がありますか？」

と、十津川はきいた。

「夜の九時から十一時まで、二時間の番組がありますよ。リクエスト番組でＤＪは相原勇というフリーのアナウンサーで、仙台ではいちばん人気のある男だといってもいいですよ」

「毎日二時間ですか？」

「そうです。ＤＪの話が面白いので、私なんかも時間があれば聞いていますよ」

と、中田はいう。

「リクエストは電話ですか？　それともハガキですか？」

「毎日届くハガキの中から、面白いものを二十通ほど選んで放送し、レコードをかける。いや、今はＣＤかな。しかし、なぜですか？」

「早坂みゆきが、例の男と、どうやって連絡をとるだろうか、と考えましてね。新聞広告以外だと、ラジオ、テレビじゃないかと考えました。テレビよりラジオのほうが、リクエスト番組が多いんじゃないか」

「なるほど。いいところに眼をつけた、といいたいんですが――」

「中田さんは反対ですか？」

「実は私も同じことを考えたんです。ただ、集まったハガキのなかから、どのハガキを読むかは、ＤＪの相原の気持ち一つなんです。早坂みゆきが男に連絡しようとして、リクエストのハガキを出しても、それが取り上げられるかどうかは、わからないんです」

と、中田はいった。

「しかし、面白いハガキなら、ＤＪは取り上げるんでしょう？」

「ええ」

「彼女はどうしても男に連絡したい。だから必死になって、取り上げられるようなハガキを書く。その可能性はありますよ」

と、十津川はいった。

「行ってみましょう」

と、急に中田は立ち上がった。

亀井を含めて三人は、市内のラジオ・センダイに向かった。

そこで、問題のＤＪ・相原と番組の長谷川というプロデューサーに会った。

今夜の番組で使うハガキの山を、三人は見せられた。

「このなかから二十枚を選ぶわけですか？」

と、十津川がきいた。

「そうです。毎日、百通から二百通のハガキが届きます。まず、下読みをして倍の四十枚を選び、そのなかからＤＪの相原君が二十枚を選んで、その日に読むわけです」

「まだ今日の分は選んでないわけですね？」

と、中田がきく。

「ええ」

と、長谷川プロデューサーが肯く。

「拝見していいですか？」

「かまいませんよ」

と、長谷川が肯いた。

百六十枚ほどのハガキを、十津川たち三人が、一枚ずつ見ていった。

そのなかに、早坂みゆきが出したものがあるかどうかがポイントだった。

プロデューサーやＤＪたちが、興味深げに見守るなかで、作業は進められた。三十分もすると、三人は一枚のハガキを見つけ出した。

〈一年に一度しか会えない貴方に。今年は十二月十一日、いつもの時間、ナンバー14でお待ちしています。Ｍ・Ｈ。リクエストは広池裕子の『約束』です〉


これが三人の選び出したハガキだった。

消印は仙台中央になっている。時刻は昨日の午後六時〜十二時である。

「ナンバー14というのは、たぶん仙台駅のホームのことだと思いますが」

と、十津川がいうと、中田は、

「東北新幹線の下りのホームです。13と14が下りで、ホームとしては同一で、いちばん端ですね」

「端の好きな女だな」

と、亀井が呟いた。

「いちばんわかりやすいからだろう」

と、十津川が笑った。

三人は相談してから、長谷川プロデューサーに、

「今日、このハガキを取り上げてくれませんか」

と、中田がいった。

長谷川は、そのハガキをＤＪの相原に渡してから、

「このハガキの主が、何か事件に関係しているわけですか？」

と、三人にきいた。

「見つけて、話を聞きたいと思っています」

と、十津川はいった。

「つまり、重要参考人ということですか？」

「そうです」

「仙台駅で、発煙筒騒ぎが起きていますが、それと関係があるんですか？」

「いや、ありません」

と、中田がことさら強い調子でいった。

（まずいな）

と、十津川が思ったとき、案の定、長谷川はニヤッとして、

「刑事さん。うちも協力してるんだから、正直に話してくださいよ」

と、いう。

「わかりました。そちらの協力を期待して、われわれも正直にいいましょう。関係がありますす」

「どんな関係が？」

と、長谷川はなおもきく。

「ハガキの主を見つけ出せば、すべてがわかると思っています。だから、そのハガキを読んでいただきたいのですよ」

と、十津川はいった。

「もし、事件が解決したら、うちの番組が解決に役立った、と話していいでしょうね？」

「それは、かまいませんよ」

と、十津川は笑顔でいった。

「オーケイ。今日、番組でそのハガキを取り上げましょう」

と、長谷川はいった。

若い中田警部は、ちょっと気分を害したようだったが、十津川は知らぬ顔をしていた。とにかく殺人事件を解決しなければならないのだ。

問題のハガキをラジオ・センダイでコピーしてもらい、それを持って、三人は中央警察署に戻った。

4

すぐ捜査会議が開かれた。

参加した刑事たちにハガキのコピーが配られて、中田が、

「このハガキは早坂みゆきが出したものに間違いないと思われます。今夜、ラジオ・センダイでこのハガキが放送されますので、男が聞いていれば、十二月十一日、つまり明後日に仙台駅の下り新幹線ホームに現われ、彼女に会うことになると思っています。いつもの時間というのは、正午と考えられます」

と、いった。

「なぜ、早坂みゆきは仙台駅にこんなにまで拘るんだろう？　なぜ、ほかの場所で会おうとしないのかね？　仙台には有名な場所が、いくらでもあるじゃないか。青葉城

跡とか、広瀬川とかだ。何々ホテルのロビーでもいいと思うんだがね」

　県警本部長がいった。

「何か理由があるんでしょうが、今のところわかりません」

と、中田はいった。

「十津川警部の意見は？」

と、生田が眼を向けた。

「私にもはっきりした理由は、わかりません。おそらく男が仙台駅以外では会わないと、早坂みゆきが、思い込んでいるからだとは思いますが」

と、十津川が答えると、中田は、

「彼女のほうに、理由があるかもしれんでしょう？」

と、いった。

「いや、それはないと思います」

「なぜ、断定できるんですか？」

　中田が眉を寄せた。

「新聞広告を出してまで、男に会おうとしているのは、早坂みゆきのほうです。本来なら、彼女のほうが、場所を変えたいはずです。名前も、顔も知られていますからね。それに反して、男はたぶん、まだ自分の顔も、警察には知られていないと思っているはずです。それなのに、彼女が危険な仙台駅を指定しているのは、どう考えても、彼女のほうの理由ではなくて、男の事情によるものと思わざるをえないのです」

と、十津川はいった。

「しかし――」

と、中田がなおも何かいいかけるのを、生田が止めて、

「とにかく、早坂みゆきと相手の男を逮捕するのが先決だ。今度は失敗したくない」

といった。

「今度は絶対に失敗しませんよ」

中田が、気負った口調でいった。

「そのために、明日、もう一度話し合いをしたい。JR仙台駅の人たちにも、協力してもらわなければならないからね」

と、生田はいった。

十津川と亀井は、十一日まで、仙台市内に宿泊することにした。

ホテルに戻ると、十津川は、東京の捜査本部に電話をかけた。

「久保カオルの行方は、まだつかめないか？」

と、十津川は西本にきいた。

「残念ながらつかめません」

「盛岡で私立探偵をやっている、彼女の父親のほうはどうだ？」

「名前は久保悠介（ゆうすけ）。五十一歳です。岩手県警からの報告が今日届きました。そちらにＦＡＸで送ります」

「久保カオルの写真も送ってくれ」

「もう送りました。明日の午前中に、そちらにつくと思います」

と、西本はいった。

「ありがとう」

と、十津川はいった。

二分後に、西本からのＦＡＸが、ホテル宛に送られてきた。

〈岩手県警からの報告

久保悠介は五年前、盛岡警察署勤務中、交通事故を起こし、容疑者に怪我を負わせたが、それを署長に報告せず、そのため依願退職となった。

その後、盛岡市内で私立探偵社を開業し、今日に至る。

探偵社のモットーは正確、迅速、誠実だが、評判は芳しくない。調査依頼者を、逆に脅迫したということで、告訴されたことがある。

女性と問題を起こして、去年の九月に妻の保子（四十八歳）と離婚している。

十一月二十六日から休業の看板をかかげて、現在所在不明。

一人娘のカオルを溺愛しており、東京の娘のところに行ったのではないかと思われている。

身長百七十三センチ、柔道三段。凶悪犯逮捕により、五度、県警本部長より表彰を受けたと自称しているが、実際には二度だけであり、容疑者を殴打し、重傷を負わせたことで、厳重注意を受けたことがある〉

ＦＡＸには久保悠介の顔写真も添付されていた。シロクロだが、いかつい容貌は、はっきりわかるものだった。

「なかなかの強者のようですね」

と、亀井が苦笑まじりにいった。

「この男にも、暗がりでは会いたくないね」

と、十津川も笑った。

「県警本部長から、二度表彰ですか」

「犯人にはこわもてしていたかもしれんよ」

「そうですね。五度は嘘でも、二度凶悪犯逮捕なら立派なものです。優秀な刑事で通っていたでしょうね」

と、亀井はいった。

「この男が、今回の事件に絡んでいると厄介（やっかい）だな」

と、十津川はいった。

翌十二月十日の昼前に、久保カオルの写真が三枚送られてきた。一枚は殺された木戸と一緒に写っていた。二人とも水着姿だから、どこかの海岸で撮ったのだろう。

二十五歳と若いだけに、スタイルはいい。

「なかなか美人ですね。父親の久保とは、あまり似ていませんよ」

と、亀井がいった。

「たぶん、母親のほうに似ているんだろう」

と、十津川はいった。

「父親が溺愛するのも、当然かもしれませんね。性格はわかりませんが、美人の一人娘ですから」

と、亀井はいった。

「性格はどうかわからないが、生活は荒れていたと思うよ。殺された木戸はチンピラだったし、暴力団の幹部とつきあっていたこともある」

「だから、よけいに父親は可愛かったのかもしれません」

と、亀井はいった。

「カメさんも、二児の父親だったな」

「そうです」

「だから、父親の心情はよくわかる」

「ええ。ふっと考えることがあるんですよ。私は正義を行なう今の仕事を、天職と考えてやってきました。犯人は、どんなことがあっても逮捕する。そう考え、実行してきました。しかし、二人の子供が大きくなって、もし殺人を犯したら、おれはどうするだろうかってです。ひょっとすると、必死になって、子供を逃がそうとするんじゃないか。刑事であることなんか、すっかり忘れてしまってです」

と、亀井はいった。

「カメさんは、それが怖いのか？」

「怖いですよ。そんなことにならないように祈っていますが」

「だから、久保カオルの父親も、娘のために、なんでもやる気でいるということか？」

「そうです。久保カオルは金を欲しがっていました。彼女は自分が働いていたクラブのママ、早坂みゆきが毎年、何者かに一千万円もの大金を払っているらしいのを知って、その金を手に入れようとしたのではないかと思うのです」

「それで、男友だちの木戸に、早坂みゆきをゆすらせようとした――？」

「そうです」

「そのことに、父親の久保悠介が何か関係していると、カメさんは思うのかね？」

と、十津川はきいた。

「それはわかりませんが、関係していれば、面倒なことになるなと思っているんですが」

と、亀井はいった。

「柔道三段か」

十津川はＦＡＸで送られてきた久保悠介の顔を、もう一度眺めた。

「それに、刑事としての経験もあります」

と、亀井はいった。

だが、久保がどう絡んでくるのか、十津川にも見当がつかなかった。

5

昨夜の午後九時からのラジオ・センダイのリクエストタイムで、ＤＪの相原は、問題のハガキを読みあげ、「約束」の曲を流した。

はたして、それをあの男が聞いたかどうかは、不明である。

だが、聞いたものとして、行動すべきだろう。

明日正午に、男は現われなくても、早坂みゆきは現われるはずだからだ。

十日の午後、仙台駅の助役の原田を含めて、綿密な打ち合わせが行なわれた。

問題の新幹線ホームは、いちばん端にある。それに、前の1番線ホームと違って四階にあり、改札口から遠い。四階の高架からは、階段を下りてしか逃げることはできない。

守りやすい場所だった。

早坂みゆきと男がホームにいれば、逃がすことはないだろう。

一つだけ心配なのは、14番線ホームの周辺に、刑事たちや駅員たちが緊張した空気を作ってしまい、それに気づいて、早坂みゆきと相手の男が逃げ出してしまうことだった。

「とにかく、二人を14番線ホームに上げてしまうことだ」

と、生田本部長はいった。

たしかに、生田のいうとおりだった。二人が高架の14番線ホームに上がってしまえば、階段を押えるだけで、二人を逮捕できるにちがいない。

そのため、正午まで14番線ホームには刑事を上がらせず、通常の駅員だけを配置し、離れた場所から監視することにした。早坂みゆきと男がホームにいるのを確認したら、まず段階を押えてしまう。それから、刑事たちがホームに上がっていって、二人を逮捕する。この方式をとることにした。

もう一つ、注意すべきこととして、正午ごろに、下り線ホームに発着する東北新幹線があった。

仙台駅は二分停車である。

東京一〇時〇二分発の盛岡行き「やまびこ39号」が、仙台一二時〇九分着で、一二時一一分に出発する。

早坂みゆきか男が、この列車を念頭において14番線ホームに現われ、一千万円を受け渡し、この列車に乗って逃げることも十分に考えられた。

とくに男のほうが正午ではなく、十二時五分ごろに現われ、金を受け取ったとたんに、到着したこの「やまびこ39号」に飛び乗り、逃亡するように計画している可能性は大きかった。

そこで、宮城県警の刑事四人がこの「やまびこ39号」に、携帯電話を持って、一つ手前の停車駅、福島駅から乗り込むことになった。

ホームには原田助役と三人の駅員が、十一時から勤務することにした。三人の駅員はいずれもベテランで、トランシーバーを持ち、常に連絡を取り合うことにした。

捜査の指揮室は、前と同じく駅長事務室が使われることになり、すべての連絡はここにすることに決まった。

ここにはＪＲ側から駅長が座り、警察側から今回は生田県警本部長が詰めることになった。

主として、二階のペデストリアン・デッキから、駅の構内に入る構造になっている仙台駅は、二階のコンコースが乗客の集まる場所になっている。

二階のコンコースから広い階段と、エスカレーターで三階に上がると、そこが新幹線フロアである。

そこには、「天の川(あまのがわ)」と名づけられた待合室があり、三階フロアから乗客は、上りと下りのホームに、階段やエスカレーターで昇っていく。

県警の刑事たちと十津川、亀井は、この三階フロアにいて、指示があり次第、14番線下りホームに上がる入口を押えることになった。

そこには十津川たちを含めて十二人の刑事が配置され、フロアの乗客にまぎれて、トランシーバーからの指示を待った。

14番線ホームには、二台の監視カメラが設置されている。このカメラによる監視も、もちろん利用される。

ほかに隣りの上り線ホームからは、乗客の格好で四人の刑事が、下り14番線ホームを監視する。

今度こそ、早坂みゆきと相手の男を絶対に逮捕するぞ、という意気込みに全員が燃えていた。

警察も、仙台駅の駅員もである。

6

仙台駅自体は、いつものとおり正常に動いていた。

どのホームも、列車は時刻表どおり順調に動き、コンコースでの事故もない。

快晴でひどく寒い。が、仙台では普通のことだった。十津川と亀井は、新幹線フロアで、わざと週刊誌を持ち、空のショルダーバッグを持ち、乗客をよそおって、ぶらぶら歩き回ったり、立ち止まって時計に眼をやったりした。

時間が少しずつ経っていくが、早坂みゆきと男が現われたという連絡は、入ってこなかった。

二人もときどき、三階フロアから四階の新幹線ホームに上がっていく乗客たちに眼をやった。が、その眼になかなか早坂みゆきと男の姿は、映ってこなかった。

十一時十分、二十分、三十分と経過していく。

早坂みゆきたちは、現われない。発煙筒騒ぎも起きない。

四十分、五十分、依然として二人の姿は、見られない。

(男は、あのラジオを聞いていないのか？)

と、十津川は考え出した。だがリクエストした早坂みゆきは来るはずだった。彼女には、男があの放送を聞いているかいないかわからないにちがいなかったからである。

正午になった。

張り込んでいる刑事たちにも、ホームにいる駅員たちにも緊張が走る。

だが、早坂みゆきたちは現われる気配がない。

一二時〇九分、定刻どおりに下りの「やまびこ39号」が到着した。

ひょっとして男のほうは、この列車に乗ってくるのではないかという考えが、捜査陣にはあった。

列車の中からホームの様子を眺め、刑事がいるとわかれば、降りずにそのまま乗っていってしまうケースである。

二分停車で、列車は次の停車駅、古川(ふるかわ)に向かって発車した。が、男は降りなかった。

列車の中にいる四人の刑事は、これから、車内を回って、男がいるかどうか調べることになるだろう。

十二時三十分。

早坂みゆきも男も現われない。

「やまびこ39号」に乗っている刑事たちからも、車内には問題の男はいないという連絡が入ってきた。

「空振りですかね？」

と、亀井が十津川の傍に寄ってきて、小声でいった。

「どうやら、そうらしいね」

と、十津川がいったとき、彼の持つトランシーバーに突然、

「一階の女子トイレで、女の死体が見つかった！」

という声が飛び込んだ。

「一階だって？」

「そうだ。一階の女子トイレだ！」

と、相手が叫ぶ。

一瞬、十津川は迷った。今回の事件に関係がないのなら、持ち場を離れるべきではないという意識が働いたからだった。

だが、すでに十二時三十分を過ぎている。それにひょっとして、早坂みゆきの死体ではないかという気持ちも働いた。

「カメさん、ここを頼む」

と、亀井にいって、十津川は一階に向かって、階段を駆け下りていった。

一階の団体待合室の裏にトイレがある。

そこで人々が騒いでいた。県警の刑事数人が、人々を押し出している。

そのなかにいた中田警部が、十津川を見て、

「こっちです」

と、女子トイレのいちばん奥に連れていった。

そこの個室のドアが開けられ、狭い床に、女が身体をくの字に曲げるようにして倒れていた。

「絞殺です」

と、中田が説明する。

「後頭部に血がついていますね」

と、十津川はいった。

「殴られたうえ、何か革ひものようなもので、絞殺されたんだと思います」

と、中田はいいながら、ほかの刑事に手伝わせて、死体をトイレの外に引きずり出した。

はじめて女の顔がはっきり見えた。

「早坂みゆきじゃありませんね」

と、中田がいった。

十津川は黙ってポケットから久保カオルの写真を取り出して、中田に渡した。

「東京で殺された木戸という男の恋人で、久保カオルです」

「間違いありませんか？」

中田が険しい表情できく。

「まず間違いないと思いますね」

「じゃあ、今回の一連の事件に関係がある女、ということになりますね」

「そうです」

と、十津川が肯いた。

中田は死体の傍にあったシャネルの黒いハンドバッグを取りあげ、中身を調べていった。

そのなかから、運転免許証を見つけ、十津川に渡してから、

「久保カオルに間違いないようです」

といった。

なるほど、その免許証には、久保カオルの名前と写真と東京の住所があった。

あと、ハンドバッグに入っていたのは、十六万三千円入りの財布、化粧品、ハンカチ、キーホルダー、ＣＤカード、そしてなぜか、カッターナイフが見つかった。おそらく護身用に持っていたのだろう。

「これも、早坂みゆきの犯行の可能性が強いですね」

と、中田がいった。

第四章　先陣争い

1

久保カオルの死体は、司法解剖のためにすぐ大学病院に運ばれた。

翌日の昼前に、その結果が出た。死因はやはり頸部圧迫による窒息。死亡推定時刻は、前日の午前十一時から正午まで。

後頭部に裂傷はあるが、それは死因ではないということだった。つまり、犯人は彼女の背後から後頭部を殴りつけ、気を失ったところを首を絞めて殺したということになる。

事件は、テレビで報道されたあと、朝刊でもトップニュースで扱われた。

午後一時から中央警察署で捜査会議が開かれた。

まず、被害者の久保カオルについて、十津川が説明した。

カオルと親しかった男、木戸康治が早坂みゆきの部屋で殺されていたこと。彼が久保カオルと共謀して、早坂みゆきを恐喝していたと思われること。木戸康治殺しの容疑者として、早坂みゆきを考えていることを話した。

「そして今回、久保カオルが仙台駅で殺されました。今もいいましたように、カオルは木戸と二人で、早坂みゆきをゆすっていたと思われますので、今回の犯人も、早坂みゆきである可能性が強いと思われます。犯人でなくとも、この二人の死に早坂みゆきが、何らかの形で関係していることは、間違いないと思われます」

十津川の説明のあと、県警の中田が今回の殺人事件についての考え方を話し始めた。

中田も、久保カオル殺害の犯人は早坂みゆきと考えるといった。それは県警の捜査方針ということになるだろう。

中田の説明の途中で、久保カオルの父親が来ていると、若い刑事が知らせに顔を出した。

「私が会ってきましょう」

と、十津川が申し出て、会議室を出た。

亀井と二人で階下へ下りていくと、受付のところにがっしりした体つきの中年の男が立っていた。

十津川が声をかけると、男は、

「死んだ久保カオルの父親です」

といい、名刺を差し出した。

〈久保探偵社　久保悠介〉

とあり、盛岡市内の住所と電話番号が載っていた。

十津川は空いている部屋に久保を案内した。

「娘さんの遺体は、大学病院ですが」

と、十津川はいうと、久保は、

「行ってきました」

「そうですか。警察としては、犯人逮捕に全力をあげるつもりです」

と、十津川がいうと、久保は彼の顔を覗き込むように見て、

「正直にいってもらえませんかねえ。カオルを殺したのは早坂みゆきだと、考えてい

るんじゃありませんか？　そうなんでしょう？」

「なぜ、早坂みゆきのことを知っているんですか？」

と、十津川は逆に聞き返した。

久保はニヤッとして、

「私は昔、岩手県警で働いていましてね。今でも、刑事の勘は働いていますよ。娘を殺した犯人の見当ぐらいつきます」

という。

「勘だけで、早坂みゆきの名前が、頭に浮かんだわけじゃないでしょう？　娘さんから聞いたんじゃありませんか？」

と、十津川はきいた。

「娘から？」

「そうです。東京で娘さんに会って、そのとき、早坂みゆきの名前を聞いたんじゃありませんか？」

「ここ半年、娘とは会っていませんよ。私はずっと盛岡で、私立探偵の仕事が忙しくてね」

と、久保はいった。

十津川は苦笑した。十一月二十六日から、盛岡市内の私立探偵社には休業の看板がかかって、久保が行方不明になっているという、西本の報告を思い出したからである。

たぶん、その間に東京へ行き、娘の久保カオルに会っていたのだろう。そしてカオルから、早坂みゆきの名前も聞いたにちがいない。

「それでは、これから盛岡へお帰りになるんですか？」

と、亀井がきくと、久保は、

「それが悩んでいるんですよ。娘の遺体はすぐにでも故郷の盛岡へ連れ戻って、茶毘に付したいんですがねえ。ただ、その一方で娘の仇を討ちたい気もしましてね」

「娘さんを殺した犯人は、われわれ警察が必ず逮捕しますよ。安心して、盛岡へお帰りください」

「そりゃあ私も、日本の警察は信じていますよ。今もいったように、私がその一員だったわけですから。だが、その一方で、私の手で犯人の首根っ子をつかまえてやりたい。父親としては、当然の気持ちでしょうが。捜査がどこまでいっているのかも知りたい。犯人の早坂みゆきは、今日、明日じゅうにも逮捕されるんですか？　行方はつかんでおられるんですか？」

久保は十津川を見、亀井を見てきく。

「早坂みゆきが、今何処にいるのか、私たちは知りません。早く見つけたいとは思っていますがね」

と、十津川はいった。

「しかし、この仙台の周辺に潜んでいるとは、思っているんでしょうな？」

「それもわかりません」

「刑事さん。なぜ、秘密にするんですか？　私は殺された久保カオルの父親ですよ。たった一人の子供だったんです。その子が殺された。犯人について、いろいろ知りたいのが当然でしょう？　犯人が今何処にいるか、なぜ教えてくれないんですか？」

久保はしつこく、自分の主張を口にした。

十津川は苦笑しながら、

「われわれも、早坂みゆきの所在はつかんでいないのですよ」

と、いった。

「それは本当でしょうね？　警察は、しばしばわかっていることを隠そうとするから」

「それは久保さんが、県警で働いているときの経験ですか？」

と、亀井は皮肉をいった。

久保は、亀井の言葉が耳に入らなかったみたいに、

「どうして、早坂みゆきを逮捕できないんですか？　所在がわからないといったって、昨日、仙台駅で私の娘を殺したことは間違いないんだ。その時点で、仙台にいたわけでしょう？　なぜ、非常線を張って捕まえようとせんのですか？　私から見ると、この事件での警察は、後手にまわっているとしか思えないんですよ。しっかりしてください」

と、文句をいった。

「今も申しあげたように、全力を尽くして犯人を逮捕します。その結果はご連絡しますよ」

と、十津川はいった。

「いつ、逮捕できるんですか？」

「そんな細かいことまでは、わかりませんがね」

「しかし、行方もわからんのでしょう？　とても、すぐには逮捕できないと思うがなあ」

と、久保は大げさに溜息をつき、

「警察が頼りにならぬのなら、私が自分で犯人を見つけ出して、娘の仇を討つより仕方がない。かまわんでしょうな？」

久保は挑戦するようにいった。

「私刑（リンチ）は困りますよ」

と、十津川は眉をひそめていった。

「私刑はしませんよ。ただ、犯人を見つけたいと思っているだけです」

「娘さんの遺体は、故郷の盛岡へ運ばないんですか？」

「警察が犯人を捕まえてくれていれば、私は安心して娘の遺体を盛岡へ運びますよ。しかし、犯人の居所も警察がつかんでいないというのでは、娘の魂だって口惜しくて、この仙台から離れられんと思う。だから、私はひとまず遺体を仙台で茶毘に付し、ここにとどまって、犯人を見つけ出しますよ」

と、久保はいった。

「早坂みゆきのことは、どの程度知っているんですか？」

と、十津川はきいた。

とたんに、久保は急に口が重くなって、

「何も知りませんよ」

「しかし、名前は知っているじゃありませんか？」

と、亀井が強い眼で、久保を見据えた。

「娘との電話で、彼女がその名前を口にしていたからですよ。それだけですよ」

「娘さんが、早坂みゆきという名前を口にしていたんですか？」

と、亀井がきく。亀井もしつこいほうだった。相手があいまいなことを口にすると、そこを徹底的に突っ込んでいく。

「何気ない調子でね」

と、久保はいう。

「しかし、それでも、あなたは早坂みゆきの名前は、ちゃんと覚えていたんでしょう？　それなら、よほど印象深かったことになる。そうでしょう？　なぜ、印象深かったんですか？　娘さんは早坂みゆきの名前を口にしたとき、彼女のことを、どんなふうに説明していたんですか？　友だちだといったんですか？　それとも何だといったんですか？」

と、亀井がさらにきくと、久保は腹を立てて、

「あなたねえ。私を訊問しているのかね？　私は今回の事件の容疑者じゃないんだよ。私は可愛い一人娘を殺された父親なんだよ」

と、大声を出した。

そのとき、県警の中田警部が会議を了えて、下りてきた。

中田が久保に向かって、自分の名前をいい、

「今回のことでは、お悔やみ申しあげたい」

というと、

「一刻も早く、犯人を捕まえてくださいよ。犯人は早坂みゆきなんでしょう。彼女の行方がわからないというのは本当ですか？」

と、同じ質問を始めた。

十津川は、久保の相手を中田に委せて、亀井を促して、いったん中央警察署の外に出た。

2

二人は近くの喫茶店に入って、コーヒーを注文した。

「あの男は、いったい何を考えているんですかね」

と、亀井は憮然とした顔でいった。

「久保のことか？」

「そうですよ。本当にあの男は、死んだ娘のことを愛していたんですかねえ。そこが、どうもわからんのです」

「警察は頼りにならないから、自分で犯人を見つけて、娘の仇を討ちたいといっていたよ」

「そうなんですがねえ」

と、亀井は肯き、運ばれてきたコーヒーをゆっくりかき回してから、

「たしかに、彼は一生懸命に、娘の仇を討ちたいと繰り返していましたがねえ。娘を思う心情みたいなものが、こっちに伝わってこないんですよ」

といった。

十津川はコーヒーを口に運んでから、

「さすがにカメさんだ。いいところを見ているよ」

「警部も同じことを感じられましたか？」

「そうなんだ。私が気になったのは、久保がしきりに、早坂みゆきの行方をきいたことだよ」

と、十津川はいった。

「わからないというと、彼はだらしがないといってわれわれを責めましたよね。私としては腹が立ちましたが」

「カメさんはそう思ったのか？」

と、十津川はいった。

「違いますか？」

「カメさんは、久保が娘のことを思うというのは、信用できないといったんじゃないか？」

「ええ。ちょっと芝居じみていましたからね」

「私はね。今日の彼の言葉は、全部信じられなかったな。だから、警察が早坂みゆきの居所を知らないことに腹を立てたのも、芝居だと思っている」

と、十津川はいった。

亀井は首をかしげて、

「娘の死を嘆いて見せ、復讐を匂わせたのは、自分を父親らしく見せるためだとわかるんですが、われわれ警察が早坂みゆきの居場所をつかんでいないことに腹を立てて見せたのは、何か理由があるとお考えですか？」

ときいた。

「これは私の勘ぐりかもしれないが、あの男は警察が早坂みゆきの居場所を知らないのを知って、ほっとしているんじゃないか。もっと勘ぐれば、しめしめと思ったんじゃないか。その気持ちをわれわれに知られたくなくて、わざと、警察のだらしなさに腹を立てて見せたんじゃないかと、私は疑っているんだ」

と、十津川はいった。

「しかし、なぜ久保がしめしめと思ったのか――？」

と、亀井は自分で疑問を投げかけてから、

「そうか。金か」

「そうだよ。彼の娘のカオルは、早坂みゆきを恐喝していた形跡がある。その恐喝に父親の久保も、一枚嚙んでいたんじゃないかと、私は推理しているんだ。久保は十一月二十六日から行方不明になっていた。それに私立探偵だ。彼は東京に行き、娘に頼まれて、早坂みゆきの身辺を調べていたんじゃないかね。そして彼女の秘密をつかみ、それをネタにして、娘のカオルはボーイフレンドの木戸を使って、恐喝していたのではないかと、私は考えたんだよ」

と、十津川はいった。

「久保はまだ、早坂みゆきをゆすろうとしているわけですね？」

「前より、もっとやりやすくなったと、思っているかもしれないよ。久保カオルが殺され、その容疑が彼女にかかっているわけだからね。だが、早坂みゆきが警察に捕まってしまっては、ゆすれなくなる。久保は金が欲しいから、何とかして、警察より先に見つけ出したいんだ。それで執拗（しつよう）に、われわれ警察が早坂みゆきの行方を知っているかどうか、きいてきたんだと思っている」

と、十津川はいった。

「そうなると、今回の事件が、面倒なことになってきますね」

亀井は難しい顔になっている。

「あの久保に、ちょこまか歩き回られるとね。だが、金が欲しければうろつくだろうな」

と、十津川はいった。

「彼は早坂みゆきの秘密をつかんだんでしょうか？」

と、亀井がきいた。

「たぶんね。久保カオルは、前に早坂みゆきの店で働いていたことがある。そして、父親の久保は元岩手県警の刑事で、今は私立探偵だ。それを考えると、早坂みゆきの秘密をつかんでいたと考えるのが、自然じゃないかね」

「早坂みゆきの秘密というのは、毎年、彼女が仙台駅で、ある男と会って、一千万円ずつ渡していたことに関係があるんでしょうね？」

　と、亀井がいう。

「ほかには考えようがないよ」

「その秘密を久保が知っているのなら、今度彼に会ったとき、問い詰めてみましょう」

「問い詰めても、久保は知らないというだろう。彼の頭にあるのは、金だよ。もし、その秘密を警察に話してしまったら、金にならなくなる。だから、絶対に話さないと思うね。それは、われわれが調べればいいんだが、問題は久保がわれわれより先に、早坂みゆきを見つけ出した場合だ」

　と、十津川はいった。

「ゆするでしょうね」

　と、亀井はいう。

「そして、警察には捕まらないようにするだろう。金をせしめて、早坂みゆきを逃がしてしまうんじゃないかと思う」

　と、十津川はいった。

「逃がしますかね？」

「まず、金をゆすって、その代わり逃がしてやると約束するだろうね」

と、十津川はいった。

「本当に娘の死を悲しむんなら、普通は金なんか、考えませんがねえ」

亀井は腹立たしげにいった。

「それはカメさんがいい父親だからさ。娘のことより、金が大事だという父親だっているよ。あの久保には初めて会ったんだが、その匂いがぷんぷんしたね。ある意味では危険な男だ」

と、十津川はいった。

「娘の遺体は、この仙台で荼毘に付して、自分も仙台に残るといっていましたね」

「早坂みゆきが、まだ仙台のどこかにいると思っているんだろうね」

と、十津川はいった。

「警部は、十一月二十六日から久保は行方不明になっていたといわれましたね」

「ああ、それから東京に行き、娘の久保カオルと一緒に、ずっと早坂みゆきの秘密を探っていたんだと思うよ。たぶん、金の匂いに敏感な男なんだろうな」

「そうだとすると、今回の事件について、久保はわれわれより先行していることになりますよ」

「ああ、そうだ。東京で木戸が殺される前から、久保はある意味で関係しているわけだからね」

と、十津川はいった。

「久保のほうが先に、早坂みゆきを見つけ出してしまう可能性がありますね」

亀井は、難しい顔でいった。

二人は落ち着かなくなって、コーヒーを残したまま店を出て、中央警察署に戻った。

中田警部に会って、十津川は、

「久保はどうしました？」

と、きいた。

「今、帰ったところです。いやあ参りました」

と、中田は頭に手をやった。

「早く犯人を見つけろと、ハッパをかけられたんですか？」

と、十津川はきいた。

「そうなんですよ。犯人は早坂みゆきで、その犯人の居所はもうつかんでいるのか、何をモタモタしているんだと、うるさくいわれました。娘さんを殺された怒りはわかりますが、こちらだって、早坂みゆきが犯人だとは思っているが、居所はつかんでいない。つかんでいれば、とっくに逮捕しているじゃありませんか」

中田は、いらだたしげにいった。

「自分で早坂みゆきを見つけ出して、娘の仇を討つとはいっていませんでしたか」

「ああ、何度もいっていましたね。だから、私刑（リンチ）だけは困る。見つけたらすぐ警察に連絡するようにとは、いっておきましたがね」

と、中田はいう。

若くて人生経験が少ないだけに、久保の態度の裏を考えるようなことはしないのだろう。十津川は、それを指摘するようなことはしなかった。

「それで、久保はこれからどうするといっていましたか？」

と、十津川はきいた。

「仙台に残って、自分の手で犯人を捕まえるつもりだといっていましたね。父親だから、むげに止めろとはいえませんが、危険な目にあったらどうしようかと思いますよ。あのとき、無理にでも盛岡に追い返しておいたらよかったなんて、後悔したくありませんからね。そうかといって、力ずくで押えられません」

「娘の遺体はどうするといっていました？」

と、十津川はきいた。

「火葬場を見つけて、仙台市内で荼毘に付すつもりだといっていましたね」

「すると、今日はまだ、大学病院に遺体はあるわけですね？」

「そうです」

「久保が、今度、遺体引取りか何かでやってきたら、尾行させてくれませんか」

と、十津川はいった。

「尾行ですか？」

「そうです」

「それは久保が暴走しないためですか？」

と、中田がきく。

十津川の考えることと、いま中田の頭にあることとは、どうやら違うようだが、十津川はそれについては何もいわずに、

「そのとおりです」

と、肯いた。

とにかく、久保の動きがつかめれば、それでよかったからである。

「そうですね。久保が早坂みゆきを見つけて、われわれに連絡もせず、娘の仇ということで、私刑する恐れがありますからね。本部長に相談して、尾行をつけることにしたいと思います」

と、中田はいった。

「ぜひ、そうしてください」

と、十津川はいった。

この約束はすぐ、実行されることになった。二日後に久保が再び中央警察署を訪れて、娘の遺体を引き取りたいといったのである。

もちろん、実の父親だから拒否するわけにはいかない。

県警は許可したが、久保に尾行をつけた。

二人の刑事が一組になり、尾行のために三組が用意された。

尾行の経過について、中央警察署にいる中田に報告するようにと、六人の刑事たちに命じておいた。

久保は、仙台の郊外にある葬儀社に話をつけて、中央警察署にやってきたといい、大学病院から中央警察署に戻っていた娘の遺体を、葬儀社の霊柩車に乗せ、火葬場まで運んでいった。

尾行した刑事からの報告によると、久保は娘の遺体が荼毘に付されるのを神妙に見守っていたという。

——今、久保は小さな骨壺を持って、仙台市内のホテルSに入りました。部屋は七〇一二号室です。

と、尾行した刑事は電話で中田に連絡してきた。

「今、午後五時二十分だが、このあと久保は外出する模様かね？」

——わかりません。もし外出すれば尾行します。

「ホテルに着くまでの間に、彼が誰かに会うとか、逆に誰かが彼に声をかけてきた、ということはなかったかね？」

——葬儀場の係員なんかが声をかけてきましたが、これは事件には関係ないと思います。怪しい人物が接触してきた、ということはありません。

「ホテルに入ってから、外に電話をかけるかどうか、外から彼に電話がかかってこないかどうか、調べておいてくれ」

中田はそれだけを指示した。

中田はこの会話を十津川に伝えてくれた。

「今のところ、彼が早坂みゆきと思われる女と接触した形跡はありません。また、彼がナイフなどの、凶器になりうるものを買った形跡もありません」

と、中田はいった。

中田はまだ、久保が娘の仇を討つために、早坂みゆきを探していると考えているようだった。

十津川は金のために、早坂みゆきを探していると思っているから、久保が凶器を買い求めるはずはないと見ていた。

久保はおそらく、一人娘を失って悲嘆にくれる父親らしく動くだろう。だが、彼の狙いはあくまでも金だ。

「問題は、久保が早坂みゆきの居所を知っているかどうか、ということだよ」

と、十津川は二人だけになったとき、亀井にいった。

「知っている可能性もありますか？」

亀井は信じられないという表情で、十津川を見た。

「久保は、前にもいったが、刑事という経験と私立探偵という仕事を生かして、早坂みゆきの秘密を探り出していたんじゃないかと私は思っているんだ。娘の久保カオルも父親に教えられて、早坂みゆきの秘密を知っていたと思う。それで仙台駅の事件なんだが」

十津川が言葉を切ると、亀井が、

「あの日、早坂みゆきは何とかして、仙台駅で男に会おうとしていた。新幹線の下りホームで、です」

「そうなんだ。当然、一千万円の現金を持っていたと思われる。久保父娘（おやこ）は、それを横取りしようとしたんじゃないかな」

と、十津川はいった。

「久保父娘も、早坂みゆきがラジオで男に連絡を取り、あの日、仙台駅に現われることを知っていたことになりますね」

「われわれも、ラジオのことに気がついたんだから、久保父娘が気がついたとしても、おかしくはないよ。彼らのほうがわれわれより前から、早坂みゆきのことを調べていたんだからね」

「仙台駅で早坂みゆきを捕まえ、ゆすったんだと思いますが、なぜ久保カオルは逆に殺されてしまったんですかね？　父親の久保も一緒だったと思われるのに」

亀井は、不思議そうにきいた。

「私も、それが不思議だったよ。何しろ、久保は岩手県警の刑事だったし、柔道の有段者だ。その男が一緒だったら、いくら不意を打たれたとしても、娘のカオルが殺され、犯人の早坂みゆきが逃げてしまうというのは、おかしいからね」

「県警は久保カオルが一人でいたところを、早坂みゆきに殺されたと見ていますが」

「そう考えるのが、自然だからね。私も、久保カオルは犯人と二人だけでいたんだと思うよ。父親の久保は、なぜか娘のカオルを一人で、早坂みゆきに会わせたということなんだろうね」

「一人で会わせたほうがいいと思ったんでしょうか？」

と、亀井はいう。

「というより、早坂みゆきが要求したのかもしれない。久保父娘は、仙台駅で早坂みゆきを見つけ、駅のどこかに連れ込んでゆすったんだと思う。そのとき、早坂みゆきは、カオルと二人だけで話したい、といったんじゃないかな。そこで、久保はその場を離れた。その隙に、早坂みゆきはカオルを殺して逃げた。まあ、これは私の勝手な想像だがね」

と、十津川はいった。

「久保はあわてて、早坂みゆきを追ったでしょうね」

「と、思う」

「たとえば、早坂みゆきはカオルを殺したあと、タクシーで逃げたとして、それを久保が見ていれば、彼は駅前のタクシー乗り場で、運転手を見つけ出そうとするでしょうね」

と、亀井はいった。

「いや、もうすでに、調べてしまっているかもしれないと思うね。カメさんのいうように、あの日、早坂みゆきがタクシーで逃げるのを見ていればね」

と、十津川はいった。

「とすると、久保はまた、早坂みゆきをゆすりますね。今度は彼女の秘密のほかに、カオルを殺したことがあるから、ゆすりやすいですよ」

亀井は心配そうにいった。

「今、ホテルにいるようだが、もし、早坂みゆきの居所を知っていれば、まもなく動き出すと思う。金が欲しいだろうからね」

「久保は、金に困っていますかね？」

「西本刑事たちの調べでも、久保は岩手県警を馘同然の形で辞めているし、私立探偵の仕事も、あまり上手くはいっていなかったようだからね。それに、久保の家は資産家でもないということだ」

と、十津川はいった。

「上京した娘のカオルに会っていたことは、間違いありませんかね？」

「それを今、西本たちに調べさせているが、まず間違いないと思っているんだ。たぶん、娘のカオルが呼んだんだと、私は考えているがね」

「それは早坂みゆきの秘密を、父親に調べてもらおうとしたんでしょうね」

「カオルは、早坂みゆきが何か秘密を持っていて、誰かにゆすられていると、うすうす気づいていたんだと思うね。だが、その秘密の内容がわからない。そこで、私立探偵をやっている父親を呼び寄せて、調べさせたんじゃないか。久保のほうも金になるといわれて、飛んでいったんだろうな」

「それが本当なら、ひどい父親ですね」

亀井は、憮然とした顔でいった。

「金が欲しいという気持ちの前では、なんでもないんだろう」

と、十津川は笑った。

だが、笑っていられないのは、久保の動きだった。

3

久保に、先を越されてはならないというのが、県警の考えであり、理由は別でも十津川も同じ気持ちを持っていた。

今、久保は県警の刑事の監視下にある。それも六人の刑事によってである。

だが、十津川は不安だった。

なんといっても、久保は岩手県警の刑事だった男である。犯人の尾行にも慣れているだろうから、逆に、尾行をまく方法にも熟練していると思われるからである。

「気になるのは、久保が娘を殺されてすぐ、警察へやってこなかったことだね」

と、十津川は亀井にいった。

「そうですね。久保カオルが殺された翌日の午後に、彼は中央警察署に現われています。二十四時間以上たっています」

「その間に、テレビでも新聞でも、事件は報じられている。被害者が久保カオルであることも、アナウンスされている。それなのに、久保はすぐ警察に出頭していない。父親なら当然、すぐ出向いて遺体と対面すべきなのに、それをしていない」

「その間に、何をしていたかですね」

と、亀井はいう。

「たぶん、その間必死になって、早坂みゆきの行方を追っていたんだと、私は思うんだがね」

と、十津川はいった。

「久保は見つけてから、中央警察署に出向いてきたんですかね？」

「かもしれない。どうしても見つからなくて、諦めて、父親らしいことをしなければならないと思って、出頭してきたんだとしたら、私としては嬉しいんだがね。久保が捜査の妨げにもならないし、よけいな犠牲者を出さなくてすむからね」

「だが、その可能性よりも、早坂みゆきの居所の見当がついたので、警察の捜査状況を知りたくて、出てきた可能性のほうが強いということですか？」

「そうなんだ」

と、十津川はいった。

「ホテルSに行ってみますか？」

「レンタカーを借りて、県警とは別行動を取りたいな」

と、十津川はいった。

県警には県警の自負がある。正面切って、久保の尾行に加われば、自分たちを信用できないのかと、向こうが思うと考えたからである。

「私が車を借りてくるから、その間に、カメさんは駅前のタクシーに当たってみてくれ」

と、十津川は亀井にいった。

十津川はNレンタカーの営業所に行って車を借りたのだが、そこでおもしろい発見をした。

運転免許証を提示したあと、念のためにここ一週間に、車を借りた人間の名簿を見せてもらったところ、そこに久保悠介の名前を見つけたのである。

岩手県盛岡市の住所になっているから、あの久保に間違いないだろう。

久保が、この営業所でカローラを借りたのは十二月十日。仙台駅で、久保カオルが殺される前日である。

そして、十二月十二日の午後一時に返していた。

とすると、そのあとで、久保は中央警察署に現われたことになる。

この間に、久保が走った距離は三百キロだった。仙台周辺を走り回るには、十分な距離である。

何のために、久保が車を借りたのか、どこを走ったのかはわからない。だが、十津川には引っかかることだった。

十津川は同じカローラを借りて、仙台駅前へ向かった。

彼が車を駐車場に停めて、亀井を探すと、彼のほうから駆け寄ってきた。

「問題の運転手は見つかったか？」

と、十津川がきくと、

「久保と思われる男が、十二月十一日、事件の日にタクシーの運転手に当たっていたことはわかりました」

と、亀井はいった。

「やっぱり当たっていたのか？」

「それも早坂みゆきの顔写真を持って、この女を乗せたことはないかと、きいて回っていたそうです。運転手たちは久保の態度から、刑事だと思ったそうです」

「早坂みゆきの顔写真を持っていたというのは、間違いないのか？」

と、十津川は念を押した。

「私が持っている写真を見せたところ、同じ女の写真だったそうです」

「いつごろから、久保はそんなことをしていたんだ？」

「十二月十一日の夕方からのようです」

「久保カオルが殺されたあとか」

「そうですね。娘が死んだことはそっちのけにして、タクシーの運転手探しをしていたようです」

と、亀井は眉をひそめていう。

「それで、問題の運転手は見つけたのかな？」

「それが、まだわかりません」

「一緒に探してみよう」

と、十津川はいった。

二人は、駅前に停まっているタクシーを当たっていった。

二十何人目かに当たったタクシーの運転手が、

「吉田じゃないかな」

と、いった。

「吉田って？」

と、亀井がきく。

「うちの運転手でね。十一日の夜だったかな。営業所に寄ったら、吉田が刑事に女の写真を見せられて、乗せたかどうかきかれたんで、乗せたと答えたんだそうです」

「その吉田さん、今どこにいますか？」

と、十津川はきいた。

「いませんよ」

「いないって、今日は勤務明けということですか？」

「いや、休みをとって、家族で族行に出かけたんです」

「旅行？　どこへ旅行に出かけたんですか？」

「はっきりわかりませんが、東京ディズニーランドへ行くみたいなことをいっていましたよ」

「前から、東京ディズニーランドへ行くといってたんですか？」

「いや。急でしたね。十一日の夜にニヤニヤ笑いながら、思いがけない金が入ったんで、家族孝行してくるといったんです。競馬で勝ったのかなと思いましたがね」

「彼はいつ帰ってくるんですか？」

「十五日に帰ってくるんじゃないかな。詳しいことは、営業所できいてくれませんか」

と、相手はいった。

亀井が電話をかけてみると、所長は、十二日から十五日までの休暇願が出ていると返事をした。

十五日というと明日である。

「まいったな」

と、十津川は溜息をついた。

「久保が金を渡して、その運転手を東京にやったんでしょうか？」

「ほかに考えようがないよ。久保はその運転手から、早坂みゆきをどこまで乗せたか、きいたんだろう。それを警察に知られたら困るので、金を与えて旅行に行かせたんだ。その間に早坂みゆきに会い、ゆするつもりだよ」

と、十津川はいった。

「東京に連絡して、西本たちに吉田運転手を探させましょう」

「ああ。やってみよう。しかし、東京ディズニーランドへ行ったかどうかはわからないよ。久保は食えない男だ。吉田運転手には、会社には東京ディズニーランドへ行くといっておいて、ほかで遊んでいてくれと指示したことだって考えられる」

と、十津川はいった。

とにかく、亀井が吉田運転手の顔写真を手に入れ、東京の捜査本部にいる西本たちに連絡をとった。

「これからどうしますか？　久保に会って、吉田運転手からきいたことを吐かせますか？」

と、亀井がその後で十津川にきいた。

「それもいいが、彼は喋らないよ。早坂みゆきをゆすって金を手に入れるまではね」

と、十津川はいった。

「そうですね。タクシー運転手に話をきいたことは認めても、結局、何もわからなかったといわれたら、それ以上、久保を追及できませんね」

「それが狙いで、久保は金を与えて、吉田運転手を家族旅行に行かせたんだろうな」

と、十津川はいう。

「どうしますか？」

亀井が、じっと十津川を見た。

「久保に会って、吉田運転手のことをきいてみよう」

「しかし、今、警部は無駄だといわれたはずですが」

「ああ、無駄だよ。だが、久保にとっては圧力になる。われわれが、吉田運転手のことを知っているとわかれば、彼が仙台に帰ってくるまでに、早坂みゆきと会って、金をせしめなければならないと思うはずだ。その焦(あせ)りを利用しよう」

と、十津川はいった。

4

二人は仙台駅近くのホテルSに出かけ、張り込んでいる県警の刑事たちに断わって、久保の泊まっている部屋に向かった。

十津川たちが訪ねたとき、久保はルームサービスで夕食をとっていた。

久保は箸を動かしながら、十津川に向かって、

「こんな格好で失礼しますよ」

「食べながら、きいてください。あなたは仙台駅周辺のタクシー運転手に当たって、十二月十一日に早坂みゆきを乗せなかったか、きいたそうですね」

と、十津川は単刀直入に、きいてみた。

久保は箸を持ったまま、顔をあげて、

「それはカオルを殺したあと、タクシーで逃げたんじゃないかと思ったからですよ。県警だって、当然、調べたんでしょう？」

「そのなかで、吉田という運転手に会っていますね？」

と、十津川はきいた。

久保は首をかしげて、

「吉田――ですか？」

「そうです。四十五歳の運転手ですよ。会いましたね？」

「何人も、タクシーの運転手に会って、話をききましたからねえ。名前は、いちいち覚えていませんよ」

と、久保はとぼけた。

(タヌキめ)

と、十津川は思いながら、

「それで、早坂みゆきを乗せた運転手は、見つかりましたか？」

と、きいた。

「それが、残念ながら、あの日に早坂みゆきを乗せたという運転手には、出会えませんでしたよ。私一人で見つけるのは、やはり、無理だったんでしょうね」

「吉田運転手が早坂みゆきを、あの日、乗せたはずなんですがねえ」

と、十津川はいった。

「じゃあ、その運転手から、彼女をどこまで乗せたか、きき出したわけですね。私にも教えてくれませんか」

久保は、平気な顔でそんなことをいった。

（とぼけやがって）

と、十津川は、内心苦笑しながら、

「ところが、その運転手が明日まで旅行に出かけてしまっているんですよ。帰ってきたら、すぐききにいこうと思っているんですがねえ」

「じゃあ、早坂みゆきの行方は、まったくわからずですか？」

と、久保がきく。

「残念ながら、わからずです。彼が旅行から帰ってきたら、どこへ運んだかわかるんですがねえ」

「じゃあ、わかったら教えてください。私はしばらく、このホテルに泊まっていますから」

「わかりました。明日まで旅行だそうですから、吉田運転手が帰ってきたら、すぐ会ってきいてきますよ」

と、十津川はいった。

化かし合いの会話が終わって、ホテルを出ると、十津川はふうッと吐息をついて、

「疲れるよ。こんな会話は」

と、いった。

「久保は、どう受け取ったでしょうかね？」

「あの男は何を考えているかわからない奴だが、吉田運転手は明日いっぱい、旅行に行っていることは知ってるわけだよ。彼が金を与えて、旅行に行かせたんだからね。それに、吉田運転手が帰ってくれば、私が会いに行くとわかったろうから、必ず、明日じゅうに早坂みゆきを探しに行くね。吉田運転手から、彼女が降りた場所はきいているから、居所を突きとめるのは楽だと思うね」

「県警が尾行すると思いますが」

と、亀井がいう。

「ああ、わかってる。ただ、久保にまかれる心配はあるよ」

と、十津川はいった。

なにしろ、相手は刑事あがりの古狸(ふるだぬき)なのだ。尾行されることぐらい、覚悟しているだろう。それをまく方法もである。

「それで、明日、われわれも久保を尾行しようと思う。そのために、わざわざレンタカーを借りたんだ」

十津川がいうと、亀井は、

「県警が嫌がりますよ。おれたちを信用できないのか、邪魔はするなといって」

と、心配そうにいった。

「だから、尾行の主役はあくまでも県警ということで、県警が失敗したときにだけ、われわれが飛び出すことにしよう」

と、十津川はいった。

うまくいくかどうかは、十津川にも予測がつかなかった。


翌日、十津川と亀井はレンタカーに乗り、ホテルから離れた場所に待機した。

ホテルの出入り口近くには、県警の覆面パトカーが停まっているのが見えた。

午前十一時。

その覆面パトカーが急に動き出した。

ホテルから出てきたタクシーの尾行を開始したのだ。

そのタクシーが、十津川たちのレンタカーの横を通り抜けていった。そのリア・シートに久保が座っているのが見えた。

それを、県警の覆面パトカーが、尾行しているのだ。

十津川たちは、さらにそのあとから走り出した。

仙台市内から長いトンネルを抜けると、郊外に出る。急に、周囲の景色が変わる。

「この道は、どこへ出るんだ？」

と、十津川は車を運転しながら、助手席の亀井にきいた。

亀井は、地図を見ながら、

「秋保温泉方面に抜ける道ですね」

「秋保か」

「そうです」

「イチかバチかやってみるか」

と、十津川がいった。

「どうするんですか？」

「先回りする」

「しかし、久保が秋保に行かなかったら、どうしますか？」

「そうなったときは、諦めるさ」

と、十津川は笑った。

彼はアクセルを強く踏んだ。

覆面パトカーを追い抜き、その先を走っている久保を乗せたタクシーに追いついた。

そのまま、十津川たちのレンタカーは、かまわずに追い抜いた。久保の乗ったタクシーは、わざとのように、ゆっくり走っている。

十津川はかまわずに走らせ、秋保温泉の近くまで来たところで、道路端に車を停めた。

はたして、久保がここへ来るかどうかわからない。これは賭けだった。

第五章　秋保温泉

1

時間はたっていくが、久保の乗ったタクシーは現われない。

(秋保に来ると読んだのは、間違いだったのか？)

十津川は、少しずつ不安になってきた。

仙台市内からトンネルを抜けて、郊外に出たとしても、秋保温泉とは限らなかったのではないのか。作並温泉もあるし、ひょっとすれば、山形に抜ける気だったのかもしれない。

「来ませんね」

と、亀井がいい、

「間違えたかな」

と、十津川が弱気になったとき、一台のタクシーが通り過ぎていった。

「カメさん、今のタクシー」

と、十津川が叫ぶようにいった。

「しかし、タクシーが違いますよ」

「わかってる。だが、乗ってたのは間違いなく、久保だよ。警察をまくために何処かで乗りかえたんだ」

と、十津川はいった。

二人は、レンタカーでタクシーを追った。

前方に秋保温泉が見えてきた。高層のホテルが多い。仙台の奥座敷と呼ばれ、春や秋の行楽の季節には、大勢の客で賑わうのだろうが、年末の今は静かである。

久保の乗ったタクシーは、「白水ホテル」と書かれた玄関の前で停まった。五階建てで、この辺りでは中堅のホテルというところだろう。

久保はタクシーを帰して、ロビーに入っていく。

「ここに、久保カオルが殺された日、早坂みゆきはタクシーで来たんでしょうか？」

と、亀井は車の中から白水ホテルを眺めて、十津川にいった。

「久保が、来たところを見ると、あの日、早坂みゆきはタクシーで、ここに逃げてきたということになるんだろうが――」

十津川は、あまり自信のない声でいった。

あの日、宮城県警は、早坂みゆきが久保カオルを殺したと考え、その逃亡先を必死で探した。

当然、この秋保のホテル、旅館も当たったはずである。だが、早坂みゆきは、見つからなかった。

十津川は、そのことを考えて、自信がなくなってしまったのである。

それでも久保が入った以上、この白水ホテルを調べる必要があった。

二人は、レンタカーをホテル横の駐車場に停めてから、ロビーに入っていった。

十津川は、単刀直入にフロントで警察手帳を見せ、

「今、ここに入った中年の男のことですがね。がっしりした男です」

と、声をかけた。

五十五、六歳のフロント係は、警察手帳にちょっとびっくりした顔で、

「川田(かわだ)さんのことでございますか？」

「川田？　そう名乗ったんですか？」

「はい。宿泊カードに、そう記入なさいました」

と、フロント係はいい、そのカードを見せてくれた。

なるほど、「川田文彦」と書かれている。住所は、東京都世田谷区になっている。

「偽名か」

と、十津川は呟いてから、

「あなたに、何かききませんでしたか？」

と、フロント係にきいた。

「いえ。別に」

「早坂みゆきという女について、ききませんでしたか？」

「いいえ」

「この女なんですがね」

と、十津川は早坂みゆきの写真を取り出して、フロント係の前に置いた。

「今月の十一日に、彼女がここへ来ませんでしたかね？　背は百六十センチくらいで、写真のとおりの美人です。偽名で泊まったと思うんだが」

「お見かけしたことがありませんが――」

と、フロント係はいった。

「本当に来なかったんですか？　十一日の午後ですがね。きっと、おびえたような感じだったと思うんだが」

と、十津川はいった。

フロント係は、十一日にチェックインした客の宿泊カードを取り出して、十津川と亀井に見せた。

「ごらんのように、あの日はお客様が少なくて、チェックインなさったのは、十二人です。そのうち十人は、R農協の方で、十人とも男の方です。残りのお二人は、六十代のご夫婦で、ご主人が会社を定年退社なさったので、お二人で東北の温泉めぐりをしているのだと、おっしゃいました。写真の女の方は、見えたことはありませんよ」

と、フロント係はいった。

なるほど、十一日の宿泊カードを見る限り、R農協の十人と夫婦者しか泊まっていない。

十津川は、とりあえず、このホテルに泊まることにした。

三階の部屋に案内されたあと、亀井が、

「どういうことなんですかね？」

と、茶菓子をつまみながら、十津川にいった。

「あのフロント係が、嘘をついているのか、それとも本当に十一日に、早坂みゆきは、ここに来なかったのかのどちらかだろうね」

「しかし、久保はここへ来ましたよ」

「久保は、警察がまだ尾行してきているかもしれないと思い、本命のホテルを外して、ここに入ったのかもしれないな」

「わざとですか？」

「ああ。吉田というタクシー運転手が、十一日に早坂みゆきを運んだのは、隣りのホテルだったのかもしれない。久保は、警察にそれを知られたくないので、わざと一つ手前のこのホテルに入った」

「なるほど」

「十一日に早坂みゆきが、同じことをしたということだって、考えられるよ。駅前でタクシーを拾って、秋保温泉へ逃げたが、あとで、泊まったホテルを知られるのが嫌で、わざと一軒手前のこのホテルの前で、タクシーを降りたということだって考えられる」

と、十津川はいった。

「そうなると、このホテルの周辺のホテル、旅館に、片っ端から当たってみるより仕方がありませんね」

「いちばんいいのは、久保がどういう動きをするか、見守ることだが――」

「フロント係には、久保が外へ出るようなことがあったら、すぐ知らせてくれるように、いっておきました」

と、亀井はいった。

午後三時近くになって、部屋の電話が鳴り、亀井が出ると、

「今、あのお客さまが、外出なさいます」

と、フロント係が、緊張した声で教えてくれた。

二人は、あわてて部屋を出て、エレベーターで一階ロビーに下りていった。

コート姿の久保が、玄関から出ていくところだった。

「車を呼んだ?」

と、十津川がきくと、

「いいえ。お呼びになっていません」

と、フロント係がいった。

二人は、ホテルを出て、久保を尾行することにした。

「本命のホテルへ行くんでしょうか?」

と、歩きながら亀井が小声できく。

十津川は、七、八メートル先を行く久保に眼をやったまま、

「そうならありがたいんだがね」

と、いった。

気温は低いが、風がないのが救いだった。十津川は、寒いのは苦手である。

久保は名取川(なとりがわ)沿いに並ぶホテル、旅館の前をゆっくりと歩いていたが、そのうちに、「御食事処」と看板のかかった、大きな店に入っていった。

昔風の凝(こ)った造りの店である。

間をおいて、二人は中に入ってみた。客はまばらだった。

久保は、座敷へ上がってテレビを見ている。十津川と亀井は椅子席の端に腰を下ろして、そばを注文した。

ときどき、座敷のほうを見ると、久保は運ばれてきたご飯物を、うまそうに食べ始めた。

十津川と亀井は、飲み込むようにして、そばを食べてしまうと、お茶を飲みながら、久保の動きを見張った。

久保は食事がすむと、腰を上げ、座敷から下りてきたが、そのままレジには行か

ず、突然、奥にいる十津川たちのほうへ、ニヤニヤ笑いながら歩いてきた。

（追っているのを、知ってやがった——）

と、十津川は、内心舌打ちをした。が、顔は久保に笑いかけて、

「妙な所で会いましたね」

と、いった。

久保は、同じテーブルに二人と向かい合って、どっかりと腰を下ろすと、

「あのホテルは、間違いですよ」

と、いった。

「何のことです？」

十津川は、知らん顔できいた。

久保は、ニヤニヤして、

「白水ホテルのことに、決まっているじゃありませんか。まんまと欺されましたよ」

「欺されたって、誰にですか？」

「仙台駅のタクシーの運転手のことですよ。私はね、十一日に、私の娘を殺した早坂みゆきが、タクシーで逃げたと推理して、駅前のタクシーに当たってみた。そうしたら、吉田という運転手が、乗せたといったんですよ。今から考えれば、私が必死にな

って運転手たちに当たっていたものだから、どうやら金儲けになると計算したんでしょうね。早坂みゆきを十一日に乗せたといいながら、なかなかどこまで送ったかいわない。それで私は、少し金をつかませた。そうしたらあいつは、どんどん値を吊り上げてくるんですよ。そのうちに、金がなくて、子供たちが東京ディズニーランドへ行きたがっているのに、連れてってやれないといい出しましてね。仕方がないので、その旅費と宿泊費まで出してやりましたよ。その結果、やっと教えてくれたのが、あの白水ホテルというわけです。ところが今日、行ってみたら、早坂みゆきなんか、泊まってないんですよ。刑事さんも確かめられたでしょう？　まんまと、あの運転手に欺されたんです。文句をいいたいんだが、私の渡した金で東京に行ってしまっているんでね」

久保は、一気にまくし立てた。

「これから、どうするんです？」

と、十津川はきいた。

久保は、小さく首をすくめて、

「どうしたらいいんですかねえ。早坂みゆきが本当はどこにいるのかわかれば、すぐそこへ飛んでいきますがねえ。秋保だと思い込んでいたのに、それが外れて、どこを探したらいいのかわからんのです。それに、少し疲れましてね。二、三日、この秋保で温泉につかっていこうかと思っているんです。刑事さんもいかがですか？　よければ、私が芸者を呼びますから、一緒にドンチャン騒ぎしませんか？」

と、十津川と亀井を誘った。

「ありがたいが、遠慮しましょう。事件が解決しないのに、刑事が遊んでいては、サマになりませんから」

と、十津川はいった。

2

翌日、十津川は亀井と午前十時に白水ホテルをチェックアウトした。

一昨日借りたレンタカーに乗り込み、十津川が運転して出発した。

「これからどこへ行きます？」

と、亀井がきく。

「まず、この車を返す」

と、十津川はいった。

「しかし、このまま借りていても、いいんじゃありませんか。早坂みゆきを探すには、車が必要ですから」

亀井がそういうのに、十津川はなぜかそっけなく、

「とにかく、この車は返すよ」

と、いった。

JR仙台駅近くの営業所で、十津川はカローラを返すと、

「ワゴン車を借りたいんだが」

と、その場で係の人間にいった。

「また借りるんですか？　それなら——」

と、亀井が驚いていった。

十津川は笑って、

「今度は、ワゴン車が欲しいんだ」

「二台ありますが」

と、係の若い男がいう。

十津川は、黒のワゴン車のほうを、

「これがいいね」

と、指さした。

亀井が、変な顔をしているのを、十津川はかまわずに、どんどん手続きをして、

「カメさん。乗るよ」

と、さっさと運転席に腰を下ろした。

仕方なしに、亀井は助手席にもぐり込んだ。

「どこへ行くんですか？　警部」

「まず、毛布を手に入れたいね」

と、十津川はワゴン車をスタートさせた。

仙台市内を走り、寝具店に「セール」の赤札がついているのを見つけて車を停めた。

ここで、四枚一万円の毛布を買い込むと、次に近くのスーパーで、紙パック入りの牛乳とウーロン茶、それにサンドイッチを買った。

次にカメラ店で双眼鏡を買った。

それらを積み込んでから、十津川は、

「さあ出かけよう」

と、亀井にいった。

「どこへ行くんですか？」

「もちろん、秋保温泉だよ」

「しかし、警部。そこから戻ってきたんですよ」

「わかってるさ。カメさんはまさか、久保の話を真に受けたんじゃないだろう？」

十津川は、ワゴン車を走らせながら、亀井にいった。

「しかし、あの白水ホテルに十一日、早坂みゆきが行ってないことは、間違いありませんよ」

「いや、早坂みゆきは行っていると、私は思っているんだ」

と、十津川はいった。

「しかし、フロント係も仲居さんも、十一日には、早坂みゆきは、来なかったといっていましたが――」

「それならなぜ、久保はあのホテルに残っているんだ？」

と、十津川はいった。

「しかし、実際に、早坂みゆきが行ってないとすると――」

と、亀井はまだいっている。

「フロント係は来なかったというし、宿泊カードもない。ルームサービスの仲居さんは、早坂みゆきの顔は見たことがないといった。だが、久保はそんな言葉を信用していないんだよ。だから、あのホテルにしばらく泊まることにしたんだと、私は思っている。久保は吉田というタクシー運転手から話を聞いた。私たちには、あの運転手に欺されたといっているが、私はあれは芝居だと思っているんだ」

と、十津川はいった。

「わざと、われわれに怒って見せたと？」

「そうだ。秋保の食事処では、大演説をしたじゃないか。あれで私は疑いを持ったんだよ。たぶん、久保は吉田という運転手の話の内容で、早坂みゆきがあの白水ホテルに行ったのは、間違いないと確信したんじゃないかね」

「しかし、ホテル側は否定していますね」

と、亀井。

「だが、久保は古狸だ。刑事として、いろいろと人間の裏を見てきた男だ。フロントが、十一日に早坂みゆきは来なかったといったとき、それをそのまま受け取らずに、これは何か裏があるなと勘ぐったんじゃないかな。それで調べる気になって、あと二、三日、あのホテルに泊まることにしたんじゃないか」

と、十津川はいった。

「警部は、それがわかっていながら、なぜ、ホテルをチェックアウトされたんですか？」

と、亀井がきく。

「ちょっと、久保の裏をかいてやれと思ってね。がっかりして仙台に戻ったふりをして、久保が何を企(たくら)んでいるか、それを調べたいと思ったんだよ。同時に、あのホテルがもし事実を隠しているのなら、その理由も知りたいのさ」

と、十津川はいった。

「車を替えたのも、久保を油断させるためですか？」

「久保と同時に、あのホテルの人間もだ。カメさんは気がつかなかったかい？　われわれが車で引き揚げるのを五階の窓から、久保がじっと見ていたのをだ」

「それは気がつきませんでした」

「だから、同じ車では監視できないと思ったんだよ。それに、車の中に泊まり込むことになるかもしれないから、カローラよりこのワゴン車のほうが便利だとも思ったんだ」

「それで、毛布と食糧のことも了解しました」

と、亀井は笑顔になった。

秋保温泉が近づくと、十津川はいったん車を停め、地図を広げた。

白水ホテルの前にワゴン車を停めて、監視するわけにはいかなかったからである。

地図を調べ、白水ホテルの裏側に道路が通っているのを知り、そこへ行ってみることにした。

地図ではわからなかったが、実際に行ってみると少し小高くなっていて、白水ホテルを見下ろす場所だった。

近くには建設中の新しいホテルがあって、道路側の駐車場には、ダンプが二台停めてあった。

十津川は白水ホテルがよく見える場所に、ワゴン車を停めた。

「途中に、派出所があったね」

と、十津川は煙草を取り出しながら、亀井にいった。

「ええ、ありました」

「カメさんは、あの派出所へ行って、白水ホテルのことをきいてきてくれないか。ホテルの経営者のこととか、フロント係の男のこととかだ」

「わかりました。きいてきます」

「くれぐれも、久保には見つからないようにしてくれよ」

「その点は委せてください」

と、亀井はいい、車から降りると、坂を下りていった。

ひとりになると、十津川は煙草に火を点けて、車の中から白水ホテルを眺めた。

名取川に面したホテルの玄関や客室の窓は見えない。その代わり、裏手や二階にある男女の大浴場はよく見えた。もちろん、くもりガラスになっているので、浴場の中は見えないのだが。

それに一階の勝手口や厨房もよく見える。白い服を着た料理人が厨房から出てきたり、ホテルの従業員が勝手口から出入りしたりしている。

しばらく見ていたが、これといった発見がないので、十津川は運転席にもたれて、白水ホテルの宣伝パンフレットをポケットから取り出した。

昨日泊まった部屋から、持ってきたものだった。

カラー写真で、客室や大浴場、料理などを紹介している、よくあるパンフレットである。

〈私どものモットーは、お客様の気持ちになって、くつろいでいただくということでございます。どうぞ、ご家庭の延長のような気楽な気持ちで当ホテルをご利用くださいませ。

女将　木下　香織〉

これが、白水ホテルの女将の言葉として、パンフレットの最後に載っていた。

和服姿の三十五、六歳の女将の顔写真も出ている。

もし、フロント係とルームサービスの仲居が、嘘をついているのだとしたら、この木下香織という女将の指示なのだろうか？

フロント係や仲居が、勝手に嘘をついているとは思えないし、フロント係が勝手に宿泊カードを隠すことはできないだろう。とすれば、女将の指示で隠したのか。

（久保は、そんなふうに考えたのではないか？）

と、十津川は思った。

陽が落ちて暗くなり、白水ホテルの窓の灯が輝きを増してくる。

やっと亀井が戻ってきた。

「遅くなりました」

と、亀井はワゴン車に乗り込んでから、十津川にいった。

「ホテルについて、何かわかったかね？」

「今回の事件と、関係があるかどうかわからないのですが、とにかくあのホテルについて聞き込みをやってきました」

「わかったことを何でもいいから、話してくれ」

と、十津川はいった。彼にもこのホテルが、どう早坂みゆきと関わっているのか、見当がつかなかったからである。

「白水ホテルは、今から十八年前に建てられました。収容人員百二十名で、この秋保では、中程度のホテルですが、興味があるのは、全国に五つあるチェーン・ホテルの一つで、女将は公募で採用したということです」

「つまり、社員の一人ということか？」

「そうなります。今の女将の木下香織ですが、六年前に採用されています。真面目で才覚もあるというので、会社の信頼を集めていて、年俸七百万だということです」

「ここの女将になる前は、何をしていたんだ？」

「東京で秘書をやったり、銀座のクラブのママをやっていたそうです」

と、亀井はいう。

「東京でね」

十津川は、ニヤッとした。

「警部も、そう思われたでしょう。早坂みゆきと顔見知りだった可能性があるわけです」

と、亀井も微笑していった。

「もし、知り合いだったら、十一日に早坂みゆきはここへ来たが、白水ホテルへ泊まるというより、女将の木下香織に会いに来たのかもしれないな」

と、十津川はいってから、

「女将の木下香織は、どこに住んでるんだ?」

と、きいた。

亀井は、ポケットから紙片を取り出して、それを広げて、

「これが白水ホテルの敷地ですが、同じ敷地内に三階建ての小さな建物があって、そこが従業員の寮になっているそうです。女将もそこに、2DKの部屋を与えられて、住んでいるということです」

「あの建物かな」

十津川は車の窓から、白水ホテルに眼をやった。なるほどホテルの近くに三階建ての建物がある。

「来年になると、それをこわして新館を建てるそうです。そうなると従業員寮はかな

り離れた場所になるといわれています」

と、亀井がいった。

「木下香織は、結婚しているのか？」

と、十津川はきいた。

「バツイチで子供が一人います。中学一年の女の子で、この子は東京の学校に通っているそうです。祖母が預かってです」

「すると、女将は単身赴任みたいなものか？」

「そうなりますかね」

「フロント係や仲居は？」

「ほとんど、地元の人間だということです」

と、亀井はいった。

十津川はもう一度、白水ホテルに眼をやった。

「フロント係や仲居は、われわれに嘘をついたんじゃないのかもしれないな。ホテルの玄関のところで、十一日にタクシーを降りた早坂みゆきは、ホテルには入らず、同じ敷地内の従業員寮に行き、女将の木下香織に会ったということが、考えられるからね」

「そうですね」

「カメさんは、こういう話を派出所で仕入れてきたのか？」

と、十津川はきいた。

「そうですが、小さなところなので、ここに住んでいる人間なら、誰でも知っていることだそうですよ」

と、亀井はいった。

「昨日行った食事処の主人も、知っているということか？」

「ええ。スナックのママでも、ほかのホテル、旅館の人間でもです」

「とすると、久保も、聞いて知っているかもしれないな」

と、十津川はいった。

「その可能性はあります」

「もし、木下香織が、東京にいたころからの早坂みゆきの知り合いだったとすると

――」

十津川は言葉を切って、じっと考え込んだ。

「十一日に、早坂みゆきをかくまったことも考えられますね」

と、亀井がいう。

「いや。十一日だけじゃないね。十二月一日から十一日まで、早坂みゆきは仙台で姿を隠していた。県警は必死になって探した。この秋保も調べているが、見つからなかった。ホテル、旅館を片っ端から調べたのにだよ。早坂みゆきがホテルには泊まらず、あの従業員宿舎にかくまわれていたとすれば、見つからなくてもおかしくはない」

と、十津川はいった。

「もう一つありますよ」

と、亀井がいう。

「何だ？」

「早坂みゆきの秘密ですよ。なぜ毎年十二月一日に、仙台駅の1番線ホームにやってきて男に会うのか。一千万円は何なのかといった秘密です。その秘密について、ここの女将は何か知っているかもしれません」

「久保も、同じように考えているんじゃないかな」

と、十津川はいい、一瞬不安げな表情になった。

久保という男には、何をやるかわからないという、得体の知れないところがある。

「今、早坂みゆきは、どこにいるんでしょうか？」

と、亀井がきいた。

「仙台にとどまっているか、東京に戻っているか。しかし、久保カオル殺しの容疑で追われているから、東京の自宅や店には戻れないだろう」

「あの従業員寮に、隠れているということは考えられませんか？　今年はまだ、男に一千万円を渡していないはずですから」

と、亀井はいった。

「それも、久保の狙いの一つかな」

と、十津川は呟いた。

「それにしても、いったい何なんですかね。毎年一回、一千万円持って、早坂みゆきが仙台駅の1番線ホームで、男に会う理由というのは」

亀井は、いった。

「カメさんは、どう考えるんだ？」

「何年前かはわかりませんが、仙台駅の1番線ホームで十二月一日に、何かあったんだと思いますよ」

「しかし、仙台駅の駅長や助役は、そんな事件は起きてないといってるがね」

「仙台駅の不名誉になることだから、いわないんじゃありませんか？」

「しかし、今回のことで殺人事件が絡んできてるからね。カメさんのいうようにＪＲ東日本にとって不名誉なことでも、話してくれると思うんだがね」

十津川は、わからないというように首をかしげた。

「私も実は、地元の新聞社に電話を入れて、ここ数年間、仙台駅の１番線ホームで大きな事件が起きていないかどうか、きいてみたことがあるんです」

と、亀井がいった。

「カメさんも、やってくれていたんだ」

「県警や、仙台駅の駅長なんかは、ひょっとすると面子（メンツ）があって、きちんと話してくれないのではないかと思いましてね。しかし、その新聞社も、仙台駅で大きな事件は起きていないということでした。仙台駅構内でも、１番線ホームでもです」

「そうなら、事件は起きていないのだろうね。となると、早坂みゆきの行動は、過去の事件とは関係がないということになってくるのかな？　ただ単に、仙台駅の１番線ホームを男とのデートに利用しているだけなんだろうか？」

「しかし、警部。このデートには最初から犯罪の匂いがしますよ」

「ゆすりだろう？」

「そうです。だからこそ、それと関係して二人の男女が殺されています」

と、亀井はいった。

毎年一千万ずつ支払うというのは、考えてみれば、大変なことである。年収一千万円のサラリーマンといえば、大会社の課長クラスだろう。もし、この金額が、ゆすられているのだとしたら、その原因となっているものは、小さな事件ではないはずである。

端的にいえば、殺人事件ではないかと、十津川は思う。

何年か前、十二月一日に仙台駅の1番線ホームで、殺人事件があって、早坂みゆきがその事件と関係があったというのなら、納得がいく。

脅迫犯は、だから、わざと仙台駅の1番線ホームを指定してくるのではないのか。

しかも、事件のあった十二月一日にである。そうしておけば、早坂みゆきはあわてて、必ず毎年一千万を持ってくるだろうし、警察にもいわないだろう。

十津川は、そんなふうに推理してみるのだが、肝心の事件が起きていないのでは、どうしようもない。

亀井は、双眼鏡を取り出して、白水ホテルと従業員宿舎を眺めた。

「何か見えるかね？」

と、十津川が声をかける。

「これといったものは、見えませんが――」

と、亀井は双眼鏡から眼を離しかけたが、

「おや？」

と、声をあげた。

「何が見えるんだ？」

「男が一人、従業員宿舎を覗き込んでいます」

と、亀井がいった。

「覗き込んでいる？」

「そうです。暗くて顔が見えないな。灯(あか)りの下に来てくれるとわかるんですが」

「見せてくれ」

と、十津川は双眼鏡を受け取って、眼に当てた。

従業員宿舎の入口近くに、男が立っているのが見えた。その男が入口に向かって五、六歩進んだ。

入口の灯りの下に進んだので、男の顔が見えた。

「久保だよ」

と、十津川はいった。

「やっぱり、久保ですか」

「女将の木下香織が、あそこに住んでいるのを知って、どんなところか様子を見にきたんだろう」

「しかし、女将はまだホテルで働いているでしょう。女将の仕事は大変で、十二時近くまで働いていると聞いていますが」

「今、七時半か。となると、下見に来たのかな」

「下見ですか？」

「久保はホテルに戻るぞ」

と、十津川はいった。

双眼鏡の中で、久保は小走りにホテルに戻っていく。

「久保は何か企んでるな」

と、十津川はいい、双眼鏡を亀井に渡した。

「企んでるって、何をですか？」

「久保もあそこの女将が早坂みゆきについて、何か知ってると睨(にら)んでるんだと思う。それをきき出したいはずだ」

「しかし、彼女は何も話さないかもしれませんよ。県警にも知らせず、早坂みゆきをかくまっていたくらいですから」

　と、亀井はいう。

「ああ。そうだろう。久保もそのくらいは、考えているだろう。だから、女将の部屋を下調べしていたんじゃないかな」

「ということは、久保が彼女に対して、何かやるということですか？」

「久保という男は、刑事のころ、容疑者を手ひどく扱って、何回も注意を受けている。刑事時代は、功名心から容疑者を痛めつけたんだが、今度は金のために女を痛めつけるかもしれない」

　と、十津川はいった。

「やりますか？」

「やりかねない男だ。ホテルの中では、ほかに従業員がいて、女将を痛めつけたりはできないだろう。だから、彼女が仕事を了えて、自分の部屋に帰ってから、やるかもしれない」

「どうします？　女将に注意しますか？」

　と、亀井がきいた。

「信用しないだろう。われわれが早坂みゆきのことをきこうとして、嘘をついていると勘ぐられかねない」

と、十津川はいった。

「では、放っておくんですか？」

「いや、ここから監視する。今、久保はホテルに戻っている。もし、もう一度、従業員宿舎のほうに現われたら、われわれの想像が当たっていたことになる。そのときは、久保を捕まえる」

と、十津川はいった。

「しかし、警部。久保が従業員宿舎の傍にいただけじゃあ、逮捕はできませんよ。興味があって見にきたんだといわれてしまえば、それで終わりです。こんな寒いときにおかしいだろうといっても、向こうは笑うだけでしょう」

「女将の部屋に入り込めば、逮捕できるだろう？」

「それは、そうですが――」

「女将の部屋は、何階だったかな？」

「最上階三階の角部屋だということは、聞きました」

「久保も知っているだろうな」

「さっき、従業員宿舎を覗き込んでいましたからね」

「その部屋に久保が押し入ったところで、逮捕したいがね。その前だったら、カメさんのいうとおり、好奇心で覗いて見たということで、すまされてしまう恐れがある。ホテル側だって、大事なお客だから、告訴したりはしないだろうしね」

と、十津川はいった。

「タイミングが難しいですね」

と、亀井はいった。

「そうだ。タイミングだ」

「警部」

亀井が急にひどく真剣な眼つきになって、十津川を見た。

「なんだい？　カメさん」

「警部も、私と同じことを考えておられるんじゃありませんか？」

「ああ。そうだ。同じことを考えている」

と、十津川は肯いた。

「われわれに都合がいいのは、少しタイミングを遅らせることですが」

と、亀井はいった。

「わかっている。久保が部屋に押し込み、女将を脅しているところを助ければ、彼女がわれわれに感謝して、協力してくれる可能性が生まれてくる」

と、十津川はいった。

「彼女に危険はありませんか？」

「久保は、彼女が早坂みゆきの秘密を知っていて、行方も知っていると思い、それをきき出したいと思っているだけだろう。彼がどんな手段を使って、それをきき出そうとするつもりかわからないが、彼女を殺すとは、ちょっと考えにくいんだよ」

「口を割らせようとして、痛めつけたり、脅したりはするが、殺すようなことはしないと――」

「そうなんだが――」

「可能性は、ゼロではないと思われるんですか？」

「それは、久保の性格と、どれほど金に執着しているかによるんだがね。われわれが思っている以上に残忍で、何としてでも、早坂みゆきの金を独占したいと決めているとすれば、女将から必要な知識を手に入れたら、カメさんのいうように、彼女を殺す可能性もゼロじゃないな」

と、十津川はいった。

「それでも、タイミングを少し遅らせてから、踏み込みますか？」

「それはその場になって考えよう」

と、十津川はいった。

まだ、久保が女将の木下香織の部屋に押し込み、脅すとは決まっていないのである。まだ、何も起きていない段階であれこれ考えても、結論は出ないだろう。

3

とにかく、見張ることだった。

二人は、交代で、双眼鏡で従業員宿舎を見張った。

午後十時を過ぎたとき、亀井が、

「久保です」

と、短く叫んだ。

なるほど、久保が従業員宿舎の灯りの下に現われ、そのまま建物の中に消えた。

普通なら、丹前姿(たんぜんすがた)のはずなのに、背広にコートを羽織っている。

そのまま、出てこない。

十時半を過ぎると、仲居たちがホテルから出てきて、従業員宿舎に入っていった。

一階、二階の部屋と、次々に灯りが点いていく。が、三階の角部屋は、まだ暗いままだった。女将はまだホテルに残って仕事を続けているのだろう。

久保は、依然として従業員宿舎に入ったままだ。

十二時二十分になって、ホテルから和服姿の女が出てきて、ゆっくりと宿舎のほうに歩いていくのが見えた。

女将の木下香織だった。

「行こう。カメさん」

と、十津川はいった。

亀井の運転で、ワゴン車は坂を下り、白水ホテルの玄関に回った。

ホテルは、すでに眠ったように静まり返っている。

亀井が、ワゴン車をホテルの駐車場に入れ、二人は車から降りて、従業員宿舎まで歩いていった。

こちらの建物も、静かである。

従業員たちは、遅くまでの仕事に疲れて、もう寝てしまっているのかもしれない。

二人は、足音を忍ばせて、階段を上がっていった。

三階に着く。

廊下には、常夜灯がついているが、人の姿はなかった。

廊下のところどころに、非常用の縄梯子（なわばしご）と、消火器を納めた箱の出っぱりがある。

久保は、そこに隠れて女将が帰ってくるのを、待ち伏せていたのか？

二人は、角部屋の前に進んだ。

ドアのところに、「木下」と名前がついている。

十津川は、ドアに耳を押し当ててみたが、中から物音は聞こえてこない。テレビの音もである。

（中にいるのだろうか？）

と、一瞬、十津川は不安になった。

しかし、ワゴン車でここへ来るまでに、久保が女将を外へ連れ出したとは思えなかった。とすれば、女将も久保も部屋の中にいるのだ。

（タイミングを少し遅らせて――）

と、亀井と、話し合っていたのだが、いざとなると、そんな気持ちの余裕は、吹き飛んでしまった。

十津川は、インターホンを鳴らしてみた。が、応答はない。明らかに中で、何かが起きているのだ。何もなければ、女将の木下香織が返事をするはずだろう。

十津川は、万一に備えて、拳銃を取り出した。

亀井が、激しくドアをノックする。

「警察だ！　ドアを開けろ！」

と、十津川が怒鳴った。

急に、中で大きな物音がした。

十津川は激しい危機感を襲われて、拳銃でドアの鍵の部分を射った。

二発、三発と射っておいて、ノブを回し、ドアに体当たりした。

亀井が、それに続く。

ドアが開くと同時に、二人は部屋の中に飛び込んだ。

入口にも、廊下にも、人の姿はない。

十津川と亀井は、奥へ向かって突進した。

いちばん奥の洋間に、女将の木下香織が、倒れているのが見えた。

だが、久保の姿はない。

ベランダに出る窓が開いている。十津川はベランダに出た。

非常口がベランダの隅に口を開けていた。この三階から二階のベランダ、一階のベランダへと、脱出できるようになっているのだ。

十津川が、眼を凝らすと、この建物から逃げていく男が見えた。後ろ姿だが、久保とわかった。

亀井も、ベランダに出てきた。

「追いかけますか？」

「放っておこう。誰かわかっているんだ」

と、十津川はいった。

二人は、部屋に戻った。木下香織はまだ倒れたままだった。仰向けに倒れた彼女の顔から、血が流れている。

「カメさん。救急車」

と、十津川は亀井にいってから、香織の手首に触れてみた。脈は、きちんと打っている。

久保は、いきなりドアを叩かれ、警察だといわれたので、あわてて彼女を殴りつけて、逃げたのだろう。

十津川は、ベランダへ出る窓を閉め、バスルームから、タオルを持ってくると、それを水でしぼってから、彼女の顔に当てた。

「電話しました」

と、亀井は十津川の傍に来て、小声でいった。

香織が、やっと薄く眼を開け、十津川たちを見て、悲鳴をあげた。

十津川は、警察手帳を相手に見せて、

「安心してください。警察です。今、救急車を呼びました」

と、声をかけた。

「泥棒が——」

「泥棒じゃありません。久保という男です。あなたに早坂みゆきという女のことを、いろいろときいたはずですよ」

と、十津川はいった。

香織は手をついてゆっくりと起き上がると、

「何のことでしょう？」

「早坂みゆきのことです。ご存じのはずですよ」

「いいえ。そんな名前の人は、知りませんわ」

と、香織はかたい表情になっていった。

「彼女に絡んで、殺人事件が二件も起きているんです。下手をすれば、まだ、人が殺される恐れがあります。われわれは、それを防ぎたいんですよ。協力してください」

「協力しろといわれても、知らない女の人なんです」

と、香織はいう。

「早くこの事件を解決しないと、今夜みたいに、あなたはまた襲われますよ。今回は助かったが、次は殺されるかもしれませんよ」

十津川は、脅かすようにいった。それでも香織は、

「いくらいわれても、知らない人なんですから」

と、いう。

「あなたが、早坂みゆきのことをかばう気持ちは、わからないじゃありませんが、彼女のためになりません。それは、わかってください」

と、十津川がいったとき、救急車のサイレンが聞こえてきた。

間もなく、階段を駆け上がってくる足音がして、ドアが開き、救急隊員が顔を出した。

それを見て、香織は顔を手でおさえて、玄関へ出ていくと、

「大丈夫なんです。すいませんが、帰ってください」

と、いった。

「しかし、顔から血が出ていますよ」

と、救急隊員の一人がいった。

「ちょっと顔を家具にぶつけただけですわ。大丈夫ですわ」

香織は、繰り返した。

二人の救急隊員は、仕方なく帰っていった。

香織は、それを見送ってから、今度は十津川たちに向かって、

「もう、本当に大丈夫ですから、お引き取りいただけませんか？　明日の仕事があるので、早く休みたいので」

と、いった。

「なぜ、正直に話してくれないんですか？」

と、亀井がきく。

「正直に話していますわ」

「嘘だ。あんたは、早坂みゆきのことをよく知っているのに、隠している。本当のことを、話しなさい！」

亀井が、思わず声を荒らげた。

そんな亀井を、十津川は無理に引きずるようにして、部屋を出た。

階段を下りていく。

「彼女は、早坂みゆきをよく知っていますよ」

と、亀井がいった。

「知っているだろうね」

「今、早坂みゆきが、どこにいるかも知っているはずですよ」

「そうかもしれないな」

「警部。それなのに、どうして簡単に引き下がってしまったんですか？」

亀井が、強い眼で咎めるように十津川を見た。

「久保みたいに、彼女をぶん殴って、吐かせるのか？」

「そうは、いっていませんが――」

「彼女は、病院へ行くのを断わった」

「それも腹が立ちましたよ。われわれが心配して、せっかく一一九番してやったのに」

と、亀井がいう。

「なぜ、行かなかったと思うね？　病院に入ってしまったほうが、われわれにあれこれきかれなくてすむのに」

「――」

「私は、こう考えたんだ。早坂みゆきが連絡してくるので、あの女将はホテルを離れられないんじゃないかとね。だから、彼女を見張っていれば、必ず早坂みゆきが現われる」

と、十津川はいった。

「現われるでしょうか？」

亀井が半信半疑で、きいた。

「私は、そう信じているがね」

と、十津川はいった。

第六章　一歩前進

1

十津川と亀井は白水ホテルの監視を続けることにした。

といっても、電話の盗聴は不可能だから、早坂みゆきが女将に電話してきても、その内容は知りようがない。

ただ、十津川たちができるのは、結局、女将の行動を見張ることである。また、早坂みゆきが、直接、この旅館に現われれば、監視していて、押えることが可能だろう。

十津川は、仙台中央署の中田警部に電話連絡して、久保が白水ホテルから逃げたこと、その行方について危惧(きぐ)している旨(むね)を伝えておいた。

「久保が早坂みゆきを捕まえると思いますか？」

と、そのとき、中田がきいた。

十津川はそれに対して、

「たぶん久保は、すぐには早坂みゆきを見つけられないと思います」

といった。

「なぜですか？　白水ホテルの女将は久保に、早坂みゆきの居場所をいわなかったと思われるんですか？」

「そこはわかりません。久保は彼女をかなり痛めつけていますからね」

「久保を見つけ次第、傷害容疑で逮捕しましょう」

「もし、女将が久保に喋ってしまっていても、彼女は今ごろ電話で早坂みゆきに連絡し、危険を知らせていると思います。だからすぐには、久保が早坂みゆきを見つけだすことはないだろう、と思っただけです」

と、十津川はいった。

「すると、そこの女将は本当に、早坂みゆきの行方を知っているわけですか？」

と、中田はきいた。

「彼女自身は、知らないといっていますが――」

「十津川さんは知っていると、思われるわけですか？」

と、中田はしつこくきいた。

「そう思っています。だから、久保もここの女将からきき出そうとしたんだと思いますね」

「それなら、女将に署に来てもらって、事情聴取をやりますか？」

と、中田はいう。

「そうしても、彼女は喋らないと思いますよ。久保に痛めつけられた直後に、私は彼女に会ったんですが、何も話してくれませんでしたからね。それに、彼女が警察に連れていかれたとわかったら、早坂みゆきが本当に姿を消してしまう恐れがあります」

と、十津川はいった。

中田は電話口でしばらく考えているようだった。十津川はそういうが、ここは白水ホテルの女将に任意同行を求めて、捜査本部に連れていこうかと考えているのだろう。

「わかりました」

と、間をおいて中田はいい、

「今は久保の逮捕に、全力を尽くします」

と、つけ加えた。

「久保が捕まったと聞けば、ここの女将もすべてを話す気になるかもしれません」

と、十津川はいった。

すでに午前三時近かった。

十津川が電話をすませると、亀井が少しばかり皮肉な眼つきで、

「県警はやみくもにここの女将を連れていって、早坂みゆきの居所を吐かせようと思っているんじゃありませんか？　あの警部さんは若いから」

「それは自重してくれたよ」

と、十津川は笑った。

「しかし、われわれのほうも早く目星をつけたいですね。いちばん知りたいのは早坂みゆきが、なぜ、毎年一回男に一千万円もの金を届けているのか。そういった事件の根本的な謎を解明したいと思いますね。早坂みゆきを捕まえて、彼女にきけばわかることかもしれませんが」

と、亀井はいった。

「普通に考えれば、以前、仙台駅1番線ホームで、何か事件があったということだろうね」

「しかし、JR東日本は否定していますね。宮城県警もそんな事件はなかったといっています」

と、亀井はいった。

ここまでは前にも、二人で話し合ったことがある。だが、結論は出ていない。

「だが、何かあったんだよ。それでなければ、早坂みゆきと相手の男が、十二月一日と仙台駅1番線ホームに固執（こしつ）するわけがない」

と、十津川はいった。

「しかし――」

「駅は動かない。が、列車は動く。そう考えたらどうだろうか？」

と、十津川はいった。

「どういうことですか？」

亀井は車の中から、白水ホテルを見守りながらきいた。

「こういうことさ。ある事件があった。その事件の発端は仙台駅1番線ホームだった。だが、そのあと、1番線ホームから列車に乗り込んだ。そして、列車の中で死亡したとする。当然、その事件は列車が走っていた県の警察が捜査する。つまり、その県内で起きた事件ということで処理され、仙台駅で起きたことにはならない。だが、事件の当事者は、その事件の原因は、仙台駅1番線ホームで起きていたことを知っていた」

「なるほど、警察もＪＲもその県内で、列車の中で起きたと考えて捜査を進めるし、ＪＲ東日本は、仙台駅では何も起きなかったと主張しますね」

と、亀井はいった。

2

十津川は時刻表を広げてみた。

仙台駅の1番線ホームは、東北本線の下りが発着する。

問題の十二時前後に、1番線を発着する東北本線の列車を抜き出してみた。

「あったよ」

と、十津川はいった。

一二時〇〇分仙台発の普通列車があった。

「一ノ関行きの普通列車だ。一ノ関着は一三時三五分になっている」

「一ノ関といえば宮城県ではなく、もう岩手県ですね」

と、亀井がいう。

「そうだ。この列車の中で何かがあって、死者が出たとする。その死者が見つかったのが、終点の一ノ関駅だったとすると、当然、捜査は岩手県警がやっただろう。ここの警察が、仙台駅で事件は起きなかったというのは、当然なのだ」

と、十津川はいった。

「夜が明けたら、岩手県警に問い合わせてみましょう」

と、亀井はいった。

時間が過ぎていく。

二人はワゴン車の中で、白水ホテルを監視しながら、ほかの問題点についても話し合った。

早坂みゆきのマンションの部屋で殺された木戸康治のことから始まって、仙台駅のトイレで殺された久保カオルのことに広がっていく。

木戸康治殺害の現場に、被害者のA型の血液と違うB型の血痕が見つかっている。

早坂みゆきの血液型はB型だから、彼女の容疑は強い。

ただ、これだけでは、彼女が犯人と決めつけるわけにはいかなかった。

B型の血液型の人間は多いし、久保が犯人の可能性もあるからだ。

久保カオル殺しについては今のところ、早坂みゆきか、彼女と仙台駅で会うことになっていた男のどちらかだろうと、十津川も亀井も思っている。

「早坂みゆきの相手の男の正体を知りたいですね」

と、亀井はいった。

「私も、知りたいよ」

と、十津川はいった。わかれば、事件が急展開を見せる可能性があるからだった。

彼が、ただ単に早坂みゆきから、毎年一千万円を受け取っているだけなのか、それとも暴力的な男なのか。もし、暴力的な性格なら、二つの殺人事件に関係している可能性が強くなってくる。

夜が明けてきた。

ホテルの女将は外出しなかったし、早坂みゆきも現われなかった。

もちろん、二人が電話で話していても、それは十津川たちにはわからないのだが。

中田警部からは、何の連絡もなかった。まだ、久保を見つけられないのだろう。

十津川は東京に電話をかけ、岩手県警に協力要請してくれるように、三上（みかみ）部長に頼んだ。

「ここ二、三年の十二月一日に、東北本線の下り列車で、一ノ関に着いてから何か事件が起きていないかということだな？」

と、三上は念を押した。

「そうです。仙台駅一二時〇〇分発で、一ノ関着一三時三五分の普通列車です」

「それだけなら簡単にわかるだろう」

「一時間後にまた電話します」

と、十津川はいった。

彼は一時間して、もう一度、三上に電話した。

「岩手県警からは回答が来ているが、何も起きていないということだよ」

と、三上部長はいった。

「すると、四、五年前ですかね」

「向こうは五年前まで調べてくれたよ。十二月一日には、一ノ関駅でも、到着した列車の中でも、何も起きていないという回答だよ」

と、三上はいった。

（思惑違いかな）

十津川は自信がなくなってきた。

しかし、十二月一日の十二時の仙台駅1番線ホームで、過去に何も起きていないとすれば、1番線ホームから出発した下り列車の中、ということになってくるではないか。

十津川は今度は、仙台駅の原田助役に電話をかけた。

一ノ関に着くまでの間に、問題の列車の中で、何か事件が起きていないかということだった。

「一応、ここ五年間、十二月一日に起きていると思うのです」

と、十津川は原田にいった。

「どんな事件を想像されているんですか？」

と、原田がきく。

「たぶん、殺人だと思いますが」

と、十津川がいうと、原田は、

「それはありません。ここ何年も、仙台発の列車の中で殺人事件は起きていません。十二月一日以外でもです」

と、きっぱりといった。

「では、傷害事件も調べてください」

と、十津川はいった。その怪我が後になって悪化し、死亡したということも考えられたからである。

十津川が殺人に拘るのは、一千万円という金額のせいだった。それも毎年、早坂みゆきは渡していた形跡がある。

単なる傷害くらいなら、そんな大金は支払わないだろうし、殺人事件が二件も引き続いて起きることもないだろうと思ったのだ。

「一時間もあれば調べられます」

と、原田はいった。

その返事があるまでの間、十津川は仙台中央署の中田に電話をした。

久保が見つかったかどうか、ききたかったからである。

「今、必死になって探しています。何しろ、一昨日仙台駅前から彼の乗ったタクシーを尾行したのに、見事にまかれてしまいましたからね。みんなカリカリしているんです。今度こそ、絶対に見つけだしてやるといい合っているんですがね」

と、中田はむしろ怒ったような口調でいった。一昨日尾行したパトカーがまかれてしまったことが癪にさわって仕方がないのだろう。

その電話がすんだあと、原田助役から電話があった。

「やはり、何もありませんでしたよ。仙台―一ノ関間の列車の中で、傷害事件なんか起きていません。起きていれば、当然、警察に通報しています」

と、原田は明るい調子でいった。

「救急車を呼んだこともなかったですか？」

と、十津川はきいた。

「救急車？」

「列車の中で怪我人か病人が出て、駅で救急車を呼んだということはありませんか？」

「列車の中でも急病人が出ることがありますからね。月に一回か二回、駅で救急車を呼び、近くの病院に運ぶことはありますよ」

と、原田はいった。

「それも調べてくれませんか」

「例の列車についてなら、答えはノーですよ。仙台から一ノ関までの駅、仙台駅を除いてですが、各駅で、ここ五年間に救急車を呼んだことはありません」

と、原田はいった。

「仙台駅では、救急車を呼んだことがあるわけですか？」

「仙台駅は大きいですからね。新幹線をはじめ、何本もの列車が発着します。救急車を呼ぶようなこともありますよ。しかし、十津川さんが考えているような疑問は、ノーですよ」

「私の考える疑問？」

「十二月一日の1番線ホームで、急病人が出て救急車を呼んだことがないかですよ。十津川さんはそれが知りたいんでしょう？」

と、原田はいった。

「原田さんに先を越されましたね」

と、十津川は苦笑した。

「それはありません」

と、原田はあっさりいった。

(この推理も駄目か)

十津川は一つずつ、可能性が消えていくのを感じた。

(おかしいな)

とも、十津川は思った。

何も事件がないのに、早坂みゆきが毎年一千万円もの大金を払うはずはないし、その金を奪おうと久保父娘や木戸などが群がってくるはずもないのだ。

それに仙台駅1番線ホームに執着する理由もないだろう。

「参ったよ。カメさん」

と、十津川はいった。

「うまくいきませんか?」

「引っかかってくると思ったんだが、うまくいかないね。爪を引っかける場所が、違うのかもしれないね」

と、十津川は亀井にいった。

「白水ホテルの女将も、動きませんねえ」

と、亀井は溜息をついた。

「たぶん、用心しているんだろう」

と、十津川はいった。

彼はもう一度、時刻表の地図を広げた。東北本線の路線に眼をやった。

「仙台駅1番線ホームは、東北本線の下りが発着する。だから、列車が関係しているとすれば、仙台から一ノ関へ向かうものしか考えられないんだがね」

「その路線でも、列車の中でも、何も起きていないわけですか?」

亀井は白水ホテルに眼をやったまま、きく。

「そうなんだよ。完全に当てが外れたね」

と、十津川はいい、なおも鉄道地図を見ていたが、

「気がつかなかったな」

と、呟いた。

「何です？」

「東北本線は何となく、まっすぐ北へ向かっているものだと思っていたんだがね。くねくね曲がっているんだ。それも仙台を出てすぐ、あの松島の方向に大きく曲がっている」

「――」

「私が見張りを代わるから、この地図を見てくれ。カメさんは東北の生まれ育ちだから、私よりよくわかるだろう」

と、十津川は交代して鉄道地図を亀井に渡した。

「なるほど、仙石線と東北本線は塩釜―松島の間で、交叉しているんですね」

と、亀井も感心したようにいった。

十津川は白水ホテルに眼をやりながら、

「仙台駅の原田助役が、前に早坂みゆきを仙石線のホームに通じる地下通路で見たと

証言しているんだ。すぐ見失ってしまったんだが、本塩釜や松島海岸のほうに行ったんじゃないかということはいっていた。問題は早坂みゆきが何をしに、仙石線に乗って松島のほうへ行ったかということだった」

「彼女が逃げていたときでしょう？　松島方面に姿を隠していたんじゃありませんか？」

と、亀井が地図を見ながらいった。

「姿を隠すところなら、ここにあるよ。秋保温泉の白水ホテルだ」

「そうでしたね」

「だから、松島に何をしにいったのか。興味があったんだがね」

「それがこの鉄道地図で、何かわかったんですか？」

と、亀井がきく。

「仙石線の松島方面と考えるから、どうしても、その辺りに身を隠していたんじゃないかと考えてしまったんだ」

「ええ」

「だが、東北本線の松島方面と考えれば、見方は変わってくる」

と、十津川はいった。

「どう違うんですか？」

「仙台駅1番線ホームから、下りの東北本線に乗ったとすると、塩釜、松島と通っていく。その松島へ行きたかったのだが、仙台駅1番線ホームから東北本線に乗れば、警察に捕まる恐れがある。1番線ホームには刑事が待っているだろうからね。そこで早坂みゆきは仙石線に乗って松島へ向かった――」

「そこはわかりますが、なぜ松島なのか、依然としてわかりませんが」

と、亀井がいう。

「早坂みゆきは毎年十二月一日の十二時に仙台駅1番線ホームにやってきて、男に一千万円を渡していた。彼女がそう望んだとは思えないんだ」

「そうでしょうな。1番線ホームや、時間を指定したのは金をもらう男のほうだったと思いますね」

「同感だ。早坂みゆきは男にいわれるままに、金を指定された場所で、毎年渡していたんだろう。だが、男のことをいろいろと知りたいと思うのが当然だ。そこで、松島周辺を調べてみようと思ったんじゃないかな」

と、十津川はいった。

「だとすると、私たちの知りたいことも、松島周辺にあることになりますね」

と、亀井がいった。

3

「となると、何年か前、仙台駅1番線ホームから、十二月一日の一二時〇〇分に発車した東北本線の一ノ関行きに注目したことは、案外、当たっていたかもしれないんだよ。ただ、終点の一ノ関と考えたのが間違いだったのかもしれない。問題はその途中の松島駅だったんじゃないか」

と、十津川はいった。

「しかし、この列車の車内でも駅でも、事件は起きていなかったんでしょう?」

と、亀井はいう。

「今のところは何もない」

十津川は相変わらず、ホテルに眼を向けたまま いった。

亀井は十津川の傍へ来て、同じように白水ホテルに眼を向けながら、

「それでも警部は、何かがあったと、考えておられるんですね?」

「そうでなければ、毎年一千万円ものゆすりが、起きるはずがないし、それを狙った

殺人が、起きるはずがないんだよ」

と、十津川はいった。

「やはり、殺人ですか？」

「そう思っている」

「難しいですね。未解決の殺人事件が松島で起きていて、それをタネに、男が早坂みゆきをゆすっているとなっても、それを証明するのが」

と、亀井はいった。

そのとおりなのだ。想像で容疑者を逮捕することはできない。

「車内でも駅でも、殺人は起きていない。これはＪＲも県警も一致している。だが、殺人は起きたんだよ」

と、十津川はいった。

「しかも、仙台駅１番線ホームと関係のある殺人ですよ」

「くそ！　考えつかん」

と、十津川は腹立たしげにいった。

「松島へ行ってみませんか？」

亀井がふいにいった。

「しかし、今はここで張り込んでいる」

「ここは、県警に代わってもらおうじゃありませんか」

と、亀井はいった。

「――」

「ここは動きがありません。ホテルの女将も監視されているのを知っていて、自重しているんじゃありませんか？　そうだとすれば、彼女は電話で、早坂みゆきに連絡はとるが、しばらくは動かないと思います」

と、亀井はいった。

「わかった」

と、十津川も肯いた。

すぐ、中田警部に電話をかけた。

三人の県警の刑事が来てくれた。十津川は白水ホテルの監視を頼んでおいて、亀井と車で仙台駅に向かった。

まず、営業所にレンタカーを返したあと、二人は仙台駅1番線ホームから、下りの東北本線に乗った。

普通列車で松島まで行く。

この辺りは十津川の考えていたとおり、本来の東北本線はまっすぐ北へ延びていたらしい。ところが、塩釜、松島へ回る傍線のほうが人気が出て、そちらのほうが本線になってしまって、本来の本線が廃止されてしまったということだった。

松島駅は海に近い。

十津川と亀井は駅で、この何年かの間に、乗客の生死に関わる事件が起きていないかどうか、きいてみた。

小さな駅だが、売店やみどりの窓口があるのは、日本三景の松島に近く、観光客が多いせいだろう。

「そんな事件は何も起きていませんよ」

と、駅長はきっとした顔で否定した。

変な噂を立てられては困るからだろう。

十津川は念のために、売店の女にも同じことを聞いてみた。

「この駅ではそんなことはありませんよ」

と、中年の売店の女は答えた。

十津川のそのいい方に引っかかった。

「この駅では――というのは？」

と、きいてみた。

相手は眉を寄せて、

「だから、この駅では何も起きていませんよ」

と、怒ったようないい方をした。

「じゃあ、どこで何があったんですか？」

「何もありませんよ。困るわ」

「駅ではなく、駅の外では何かあったんですね？」

十津川は珍しくしつこくきいた。

「そりゃあ、町ではいろいろと事件がありますからね」

と、売店の女はいう。

「そりゃあ、そうですがね。松島の町で、この駅か鉄道と何か関係のある事件が、起きているんじゃありませんか？　あなたはそれを知っている」

「知りませんよ、私は」

急に相手はひるんだような表情になった。それっきり、何を聞いても黙っている。

十津川は亀井と駅を出ると、仙台新報の松島支社を訪ねてみることにした。早坂みゆきが広告を出した、あの新聞社である。

そこで、十津川はデスクに同じ質問をしてみた。

若いデスクは慎重に言葉を選びながら、

「これはあくまでも噂なんですがね」

「噂でもかまいません。何かあったのなら、教えてくれませんか」

と、十津川は頼んだ。

「今から四年前の十二月一日のことです。東北本線の松島駅で降りた乗客の一人が、自宅へ帰る途中で救急車を呼んだんです」

と、デスクはいった。

4

（やはり、十二月一日に何かあったのだ）

と、十津川は思いながら、

「なぜ、救急車を呼んだんですか？」

と、きいた。

「三十二歳の女性で、臨月でした。彼女は急にお腹の痛みを訴えて、道路にしゃがみ込んでしまったので、一緒にいた夫が、あわてて救急車を呼んだというわけです。彼女はF病院に運ばれたんですよ。子供は早産で、とにかく生まれましたが、母親は亡くなりました」

と、デスクはいった。

「亡くなった原因は何だったんですか？」

と、亀井がきいた。

「夫が蹴飛ばしたからだとか、車でぶつけられたからだとか噂があったので、うちでも一応調べてみました。夫婦の間の、夫の暴力が問題になっていた時期でしたからね。しかし結局、何もわからなくて、それは記事にしませんでした」

と、デスクはいった。

「しかし、何か噂が立つようなことがあったんでしょう？」

と、十津川はきいた。

「F病院の医者の証言です。亡くなった三十二歳の母親の腹部には、強く蹴られたような痕（あと）があったというのですよ。しかし、夫が蹴ったという証拠はありませんのでね」

「四年前の十二月一日に間違いないですか？」

と、十津川は念を押した。

「ええ。間違いありませんよ」

「彼女と夫が松島駅まで乗ってきた列車ですが、仙台一二時〇〇分発の一ノ関行きの普通列車じゃありませんか？」

と、十津川がきくと、デスクは変な顔をして、

「それが何か問題なんですか？」

と、きいた。

「ぜひ、知りたいんですよ」

と、十津川はいった。

「ちょっと待ってくださいよ」

と、デスクはいい、記者の一人に小声できいていたが、

「松島着一二時二四分の列車で降りたということだから、たしかに仙台発一二時ちょうどの列車ですね」

と、いった。

「なるほど」

「車内で、誰かに腹を蹴られたということはありませんよ。それも、当時調べました

からね」

と、デスクはいった。

「その夫婦の名前を教えてもらえませんか？」

「できませんね」

「なぜですか？」

「夫のほうに、この事件は内密にしておいてもらいたい、といわれたのです。無理もありません。何の証拠もないのに、いろいろと噂を立てられていたんですから」

と、デスクはいった。

十津川は、ここで押し問答をしていても始まらないので、亀井とF病院に急ぐことにした。

ここでは井上（いのうえ）という産婦人科の部長に会った。

四年前のことをきいた。

「あれは事故ですよ」

と、井上はいった。

「事故？　なぜですか？」

と、十津川はきいた。

「ご主人の話では、どこかで奥さんが転んで、腹を強打したんだといっていましたからね。それで子供は生まれたが、母親は死亡。私は全力を尽くしたんですがね」

と、井上はいった。

「その夫婦の名前を教えてください」

と、十津川はいった。

井上は首をかしげて、

「警察は、なぜ興味を持つんですか？」

と、きいた。

「ひょっとすると、殺人事件に関係があるかもしれないからですよ」

「あれは殺人だったんですか？」

と、井上は驚いたようにきいた。

「その件については何も知りません。ただ、最近起きている殺人事件と関係があるかもしれないのです」

と、十津川はいった。

「よくわかりませんがね」

井上は当惑した顔でいった。

「とにかく、その夫婦の名前を教えてください」

と、十津川は繰り返した。

「医者には、患者についての守秘義務がありますがね」

「わかっています。しかし、このままでは、また殺人事件が起きる恐れがあります。それを私は防ぎたいのですがね」

と、十津川はいった。

井上は考え込んでしまった。

十津川は黙って、井上の顔を見ていた。

ここは相手に考えさせたほうが、いいだろうと思ったからである。

井上は根負けしたように、

「仕方がない。お教えしますが、証拠のないことですよ」

「証拠がないと、いうと――」

「あのご主人が、奥さんの腹を蹴ったんじゃないかという噂がありましたが、あれは違いますよ」

と、井上はいいながら、キャビネットから古いカルテを探し出してきた。

そのカルテには、「古沢（ふるさわ）めぐみ」の名前が書き込まれていた。

「死亡診断書も私が書きましたよ」

「住所はこの松島ですね」

と、十津川はカルテの住所を手帳に書き写しながら、医者にきいた。

「そうですが、今はそこには、ご主人は住んでいませんよ」

と、井上はいう。

「なぜ、ここにいないと知っているんですか？」

と、亀井がきく。

「私もこのご夫婦のことが気になっていましてね。三ヵ月後でしたかね。たまたま近くに用があったので、寄ってみることにしたんです。そうしたら、もう引っ越したあとでした。行き先はわからないということでしたね」

と、井上はいった。

「先生はいつも、患者が亡くなると、気になって立ち寄るんですか？」

十津川は間を置いてきいた。

「必ずしもそうとはいえませんが――」

「それでは、この夫婦の場合は特別だったということですか？」

「いろいろありましたから。ご主人が、奥さんのお腹を蹴ったのではないかとか

――」

「しかし、それは違っていたんでしょう？」

「私が見たところ、あのご主人はそんな人間ではないと思ったし、奥さんも違うといっていましたからね」

と、井上はいった。

「ほかには何があったんですか？」

「奥さんも亡くなりましたしね」

「ほかには？」

「それだけですよ」

「子供は無事に生まれたんですね？」

「そうです」

「そのとき、母体の心配はなかったんですか？」

「ありました。しかし、ご主人も奥さん自身も、何としてでも産みたいといわれたんですよ。奥さんも三十歳を過ぎていたし、ご主人も四十何歳かでね。初めての子供だからぜひ欲しいといわれて、危険を承知の手術でしたよ」

と、井上はいった。

「子供は無事生まれたんですね？」

「そうです」

「それだけですか？」

「何がいいたいんです？」

「この古沢めぐみさんは、腹を強く蹴られたか、殴られたかしたために、早産になり、そのあげく命を落としたわけでしょう。当然、胎児にも影響があったと思うのです。それが心配で、先生は三ヵ月後に診（み）にいったんじゃないですか？」

十津川は、まっすぐ井上の顔を見つめていった。

「参りましたね」

と、井上は呟いて、しばらくまた黙っていたが、

「たしかにあなたのいわれるように、生まれた子供への影響が心配でした。私の診たところでも、嬰児（えいじ）の脳への影響があったと思われましたからね。だが、古沢さんは自分の知っている専門医に診せるといわれて、生まれて三日目の嬰児を抱いて、帰ってしまわれたんです」

「その子供は、今は、四歳になっているはずでしょう？　今、どうなっているかわかりますか？」

と、亀井がきいた。

「残念ながらわかりません。気にはなっているんですが」

と、井上はいった。

「このご主人の名前は、古沢、何というんですか？」

「古沢功一郎さんです」

「何をやっている人ですか？」

「詳しいことはわからないんだが、私にはマスコミ関係で働いているといっていましたね」

「新聞関係かな？　それともテレビ、ラジオ関係ですか？」

と、十津川はきいた。

「そこまできいていません」

と、井上はいった。

5

十津川と亀井は、井上が描いてくれた地図を頼りに海岸へ出ると、右手に五大堂や松島タワーを見ながら、奥松島の方向へ歩いていった。

　土産物店などが並ぶ観光松島の通りが消えると、七階建てのマンションが見えてきた。どうやら、このマンションらしい。

　十津川と亀井は、一階の管理人室で中年の管理人夫婦に会った。

　このマンションの三〇六号室に住んでいたことのある、古沢功一郎さんのことでというと、

「三年前の二月に引っ越されましたよ」

　と、小柄な管理人はぶっきらぼうにいった。

「行き先はわかりませんか？」

「全然、わかりません。連絡もありませんしね」

　と、管理人はいう。

「ここには、どのくらい住んでいたんですか？」

　と、十津川はきいた。

「二年くらいじゃありませんか」

　と、管理人の妻のほうがいった。

「ご主人はマスコミ関係の仕事をしているということですが、詳しいことはわかりま

せんか？　新聞社とか、テレビ関係とか——」

「知りません。ここに住んでいる人の私的なことは、ほとんど知らないんですよ」

と、管理人はいった。

「古沢さんのところに、赤ちゃんがいたと思うんですが、その赤ちゃんは、どうなりましたかね？」

と、十津川はきいた。

「どこかに預けていたんじゃないですか？　奥さんが亡くなっていたから」

と、管理人は面倒くさそうにいう。

亀井がその態度に腹を立てたのか、警察手帳を取り出して、管理人の鼻先に突きつけた。

「われわれは、事件を追いかけているんだ。本当のことを喋ってくれないと、困るんだよ」

亀井がいうと、管理人は怯えたような表情になった。

「本当に古沢さんの引越し先は、知らないのか？」

と、亀井がきいた。

「本当に知りません。いつ引っ越したのかも、わからなかったくらいなんですよ。いつの間にか、引っ越してしまって」

　と、管理人はいった。

「ほかに、何か知っていることはないのかね？　彼について」

　と、亀井はきいた。

「私は知りませんよ」

　と、管理人はいったが、妻のほうが遠慮がちに、

「私ね、一度、仙台の街で古沢さんと会ったんですよ」

　と、十津川たちにいった。

「それはいつですか？」

　と、十津川はきいた。

「一年半ぐらい前だったですよ」

「そのとき、話をしたんですか？」

「ええ。ちょっとだけですけどね」

「どんな話をしたんですか？」

「私ね。赤ちゃんのことが気になっていたんで、それをきいたんですよ。そしたら、一関のほうにある小児専門の病院に入院させてあるんですって。難しいことはよくわ

からないんですけど、なんでも頭が破裂するような病状で、毎年、今年は助からないんじゃないかと心配しているんだそうですよ」

「頭が破裂？　脳圧が高くなるということかね？」

と、十津川は呟いてから、

「それで古沢さんが、今どこに住んで何をしているか、聞きましたか？」

「はっきりとは教えてくれませんでしたよ。ただ、入院している子供さんが心配なので、今は病院にすぐに行ける場所に住んでいるみたいなことでしたよ」

と、管理人の妻はいった。

管理人が、なぜおれに話さなかったんだと文句をいうと、彼女は、

「古沢さんに、誰にもいわないでくれと、口止めされていたんですよ」

と、小さく肩をすくめた。

十津川は古沢の写真を手に入れたかったが、管理人夫婦は一枚も持っていなかった。

そこで、十津川は夫婦に話を聞きながら、古沢の似顔絵を描いていった。

十津川は絵に自信はないのだが、とにかく特徴を捉えられればいいと思っていた。

十津川は、管理人夫婦が似ているというまで、描き直していった。

そのため、二時間近くかかってしまった。

十津川たちはその絵を持って、井上医師にもう一度会って見せた。

井上も似ているといったので、十津川は自信を持った。

仙台に戻った十津川は県警の中田警部にも仙台駅に来てもらい、駅長事務室で原田助役を交えて、話し合いを持った。

まず、十津川が今日、東北本線松島駅やその周辺で得た知識を詳しく説明した。

「私が関心を持ったのは、この四年前の事件が、仙台駅1番線ホームを一二時〇〇分に発車した普通列車と関係があったことです。古沢夫婦は間違いなくこの列車に乗っており、松島駅で降りたと思われるのです」

「しかし、ただ、仙台発一二時〇〇分の下り東北本線の列車に乗っていたというだけでは、今回の事件に関係があるとはいえないでしょう？　早坂みゆきとの関係が出てこなければ、古沢があの男とはいえませんよ」

と、中田はいった。

「そのとおりです」

と、十津川は肯いて、

「古沢めぐみを死なせ、古沢夫婦の子供を今でも危篤状態にしている原因が、早坂みゆきにあるとなれば、彼女が毎年一千万円ずつ支払う理由も、納得できると思っているのです」

といった。

「早坂みゆきが、仙台駅か、問題の列車の中で、死んだ古沢めぐみのお腹を殴ったか蹴ったかして、それが死亡の原因になっていればいいわけですね？」

と、中田がいう。

「動機は何ですか？」

と、原田助役がきいた。

「夫の古沢が東京に行くと、早坂みゆきに会っていた。つまり、不倫をしていたというのはどうですかね。彼女のクラブに飲みに行くうちにできてしまった。彼女はどうしても古沢に会いたくなって、四年前の十二月一日、仙台へ突然やってきた。そして、1番線ホームで、たまたま古沢夫妻に出会ってしまったんじゃないか。古沢の妻のお腹が大きいのを見て、早坂みゆきは思わずかっとして、そのお腹を蹴ってしまった。嫉妬(しっと)ですよ」

と、中田はいった。

「しかし、中田さん。1番線ホームでそんな出来事があれば、日誌に記入されているはずですし、私も覚えていると思うのです。それがありませんがねえ」

と、原田助役は首をひねった。

「それは、古沢が自分の恥になることだから、何とかホームの出来事をおさめて、妻のめぐみを列車に乗せてしまったんだと思いますね。それで事件は表沙汰にならなかったんじゃないか」

と、中田はいう。

「早坂みゆきが、そのあと、毎年一千万円ずつ支払っているのは、自分の嫉妬のために古沢の妻が死亡し、生まれた子供が入院してしまった。そのことに対する罪滅ぼしということになってきますか？」

と、原田が中田にきく。

「理屈は合いますよ」

と、中田はいった。

「十津川さんはどう思いますか？」

と、原田助役は十津川を見た。

十津川は考えながら、

「四年前の十二月一日に、1番線ホームで何かあったのは、間違いないと思っています。ただ、東京で早坂みゆきについて、ずいぶん調べています。クラブのママですから、男関係はいろいろ出てきました。ただ、そのなかに古沢功一郎という名前は見つかっていません」

と、いうと、

「つまり、早坂みゆきが、古沢という男と関係があったとは、考えられないということですか？」

と、中田は不満げにいった。

「そうです」

「それじゃあ、早坂みゆきが、古沢に毎年一千万円も払うのは、おかしくなるじゃありませんか。それとも、この古沢という男は、今回の事件に無関係ということなんですか？　しかし、持ち出したのは、十津川さんですよ」

と、中田はいった。

「ですから、1番線ホームで何があったのか、知りたいのですよ。私の知る限り、古沢と早坂みゆきは関係がなかった。彼の身重の奥さんと早坂みゆきもです。何の関係もなかったこの三人が、四年前の十二月一日、1番線ホームで交叉したんだと思います。その交叉が何だったのか、それがわかればと思っているのです」

と、十津川はいった。

「その交叉の結果、古沢の奥さんはあとで死亡し、生まれた子供は今でも入院。そういう結果が起きたということですね」

と、原田助役がいう。

「何の関係もない早坂みゆきが、身重の古沢めぐみのお腹を殴ったり、蹴ったりすることはありえませんから、ホームで何かの拍子でぶつかったというくらいしか、考えられませんね。ぶつかって、古沢めぐみはホームに転倒して、お腹をコンクリートに強打した」

と、十津川は1番線ホームの姿を思い出しながらいった。

「それなら、なぜそのとき、夫の古沢は、すぐ奥さんを病院に連れていかなかったんですかね？」

と、原田助役は疑問をいう。

「ぶつかった瞬間、古沢はその場にいなかったんじゃありませんか？」

と、亀井が遠慮がちに口を挟んだ。

「いなかったというのは――？」

と、十津川がきく。

「二人は一二時〇〇分発の普通列車で、自宅のある松島へ帰ろうとしていたんだと思います。まだ発車まで何分かあるので、古沢は妻のめぐみを待たせておいて、売店で週刊誌か何かを買っていた。その間に事故が起きた。ホームで早坂みゆきと古沢めぐみが、何かの拍子にぶつかって、めぐみが転倒。何とか起きあがったところへ、夫の古沢が戻ってきた。そのとき、一二時〇〇分の発車になった。そこで古沢は、妻の手を引っ張るようにして、列車に乗ってしまった。だから、仙台駅から病院へ行くことは、なかったんじゃありませんかね」

と、亀井は説明した。

「一応の説明がつきますね」

と、原田助役はいった。

「早坂みゆきは、なぜ、そのとき仙台駅の1番線ホームにいたんですかね？」

と、中田警部が呟いた。

第七章　終章

1

「考えられるのは、誰かと待ち合わせていたということでしょうね。仙台駅の1番線ホームでわかりやすい。1番線ホームで十二時ということにしてあったんじゃないかと、思います」

と、十津川はいった。

「なるほど。考えられますね。しかし、早坂みゆきは東京の人間です。仙台の誰に会いにきていたんでしょうか？」

と、中田がきいた。

「一人だけ、考えられる人間がいます。みゆきと銀座のクラブで働いていて、六年前、秋保温泉の白水ホテルの女将になった木下香織です」

と、十津川はいった。

「彼女に会いにきた？」

「久しぶりに会いたいということになったんじゃないかと思います。それで十二月一日の十二時に、仙台駅1番線ホームで待ち合わせということにしたんじゃないかと、考えたんですがね」

「しかし、それなら秋保の白水ホテルに来てくれと、女将がいうのが自然じゃありませんか？　そうすれば、仙台駅のホームで待ち合わせをする必要はないんだから」

と、いったのは中田だった。

「そうですね。当然、東京からやってきた早坂みゆきは、当日は白水ホテルに泊まるつもりだったでしょうから」

と、仙台駅の原田助役もいう。

二人の意見に対して、亀井が、

「それは、ちょっと違うと思います」

と、いった。

「どう違うんですか？」

　と、中田がきいた。

「時間です。ちょうど昼食の時間なんです。温泉地のホテル、旅館というのは、朝食と夕食は出ますが、昼食は出ません。それで、早坂みゆきを仙台に呼んだ木下香織としては、仙台市内で、旨い店で昼食をご馳走しようと考えたんじゃないかと思うのです。たとえば、カキ料理なんかをです。しかし、東京の早坂みゆきに仙台市内の地名をいっても、わからないだろう。そこで、わかりやすい待ち合わせの場所として、仙台駅の1番線ホームにしたんだと思います。それならわかりやすいですからね」

　と、亀井はいった。

「なるほど。私もそう思いますね」

　と、原田助役が肯いた。

「たぶん、早坂みゆきが、先に1番線ホームに着いていたと思います。そこへ木下香織が着いた。が、香織のほうはきょろきょろと探している。そこで早坂みゆきは、彼女の傍へ駆け寄ろうとした。そして、ちょうど十二時に発車する列車に乗ろうとする古沢めぐみと、ぶつかってしまった。めぐみは転倒し、臨月のお腹をホームのコンクリートにぶつけてしまった。そういうことだったと思います」

　と、亀井はいった。

「一つ疑問があります」

と、中田がいった。

「何でしょうか?」

「その結果、古沢めぐみは亡くなり、生まれた赤ん坊は、入院生活を続けることになってしまったとしましょう。そして、夫の古沢は、早坂みゆきに毎年一千万円の金を支払わせてきたとします。しかし、古沢は、早坂みゆきを知っていたとは思えません。ホームで顔は見たでしょうが、妻を転倒させた女が、東京でクラブをやっている早坂みゆきと、なぜわかったんでしょうか?」

と、中田はきく。亀井が考え込んでしまったとき、十津川が助け舟を出して、

「たしかに、中田さんのいわれるとおりだと思います。古沢は早坂みゆきが、どこの何者なのか知らなかったと思います。探偵を使って調べさせたということも、考えられますが、これも難しい。ただ、早坂みゆきと一緒に木下香織がいたわけです。たぶん、二人は心配そうに列車を見送っていたんじゃないかと思います。木下香織は白水ホテルの女将です。秋保は仙台の奥座敷といわれているし、それに、古沢はマスコミ関係の仕事をしていたというと、何かで、白水ホテルを使ったこともあると思います。とすると、古沢が木下香織の顔に見覚えがあったということが、十分に考えられ

るんじゃありませんか。だから古沢は、木下香織のほうから辿(たど)っていって、自分の妻を殺したのは、東京でクラブを経営している早坂みゆきと知ったんじゃないかと、私は思います」

と、自分の推理を説明した。

「それから、古沢は早坂みゆきをゆすったわけですか？」

と、原田助役がきく。

「そうです」

「しかし、警察には訴えなかった？」

「訴えても、せいぜい過失致死でしかないでしょう。それに古沢は子供が入院し、完全に治るかどうかわからない状況で金が必要だったはずです。そこで、金を要求したんだと思います。毎年一千万円の大金をです」

と、十津川はいった。

「十二月一日に仙台駅1番線ホームと指定したのは、なぜですかね？」

「それは、もちろん早坂みゆきに、彼女のやったことを忘れさせないためでしょう。常に怯(おび)えさせ、後悔させておいて、毎年一千万円を出させるためだったと思いますね。ただ、ゆするネタだけは、たぶん木下香織を通して、みゆきに知らせていたと思いますね。そうしなければ、みゆきが金を払う気になりませんから。そのくせ、古沢は自分が何処に住んでいるか、ちゃんとした自分の名前も教えなかったんだと思います。これは用心のためでしょう。だから、早坂みゆきは十二月一日の十二時に1番線ホームで会えなかったとき、男に連絡するのが大変だったんだと思います。その方法として新聞の三行広告を使ったり、ラジオのリクエスト番組を利用したのは、古沢が何かの拍子にマスコミで働いていたことがあるといったのを、覚えていたんじゃないですか」

と、十津川がいったとき、中田に電話が入った。

その電話を受けた中田が、十津川を見て、

「久保が警察に出頭してきたそうです」

と、いった。

2

中田は意外そうな顔をしていたし、十津川も意外な感じがした。

とにかく、久保を訊問（じんもん）するために、中田は中央警察署に戻ることになり、十津川と亀井も同行した。

久保は多少疲れた顔をしていたが、中田や十津川を見ると、ニヤッと笑って、

「私を探していたそうですね」

と、いった。

久保は、まだ今回の事件の犯人ということでもないし、また、一応警察の先輩でもあるので、中田も十津川も、丁寧(ていねい)に彼に質問した。

「白水ホテルで、女将の木下香織に乱暴しましたか？」

と、十津川はきいた。

久保は、小さく肩をすくめて、

「彼女に会って、話を聞きましたがね、乱暴したなんて、まったく覚えがありませんね。彼女がそんなことをいってるんですか？」

と、逆にきき返してきた。

香織が早坂みゆきのこともあって、本当のことを話せないだろうと、タカをくっているのがみえみえだった。

「何の話をききにいったんですか？」

と、十津川はきいた。

「それはプライベートなことだから」

と、久保は笑う。

「失礼ですが、久保さんの血液型は何ですか？」

と、十津川はきいた。

久保は一瞬、戸惑いの色を見せて、

「私の血液型？」

「そうです。教えてください」

「私はB型だが、それがどうかしましたか？」

「いやちょっと参考までにきいただけです」

と、十津川はいった。

「仙台駅で、カオルさんが殺された件なんですが――」

と、中田がきいた。

十津川は、その質問は中田に委せて、亀井と廊下に出た。

「東京での木戸康治殺しの犯人は、久保じゃありませんかね」

と、亀井がいった。

「血液型がBだからかね？」

「彼は血液型をきかれたとき、一瞬、顔色が変わりましたからね」

と、亀井はいった。

「私も、それには気づいたが、B型だといった。容疑が濃くなるのがわかっていながら」

「それは、嘘をついても、調べられたらわかってしまうと、思ったからでしょう」

「そうかもしれないが、早坂みゆきもB型だよ」

と、十津川はいった。

「ええ。しかし、これで久保も木戸殺しの容疑者の一人になったのは、間違いないでしょう？」

「ああ。そのとおりだ」

「あの男は、われわれの想像以上に凶悪な性格かもしれません。そんな気がするんですがね」

と、亀井はいった。

「油断のならない男だということは、私にもわかるが――」

「金のためには何でもやる男だと、私は思うんです。木下香織を平気で痛めつけてしまいますし――」

と、亀井がいった。

「たしかに、あの男は冷酷だ。娘のカオルが殺されたときも、口では娘の仇を討つといっていたが、悲しみは感じられなかったよ」

と、十津川もいった。

「しかし、まさか実の娘を殺したりはしないでしょう。となると、久保が殺したのは、木戸だけということになってきます」

「久保の血液型がBだからか？」

「そうです。早坂みゆきも、Bですが」

「その早坂みゆきだが」

「まだ、一千万円を持って逃げ回っているんでしょうか？」

と、亀井がきいた。

「だろうね。そして、久保が何とか見つけて、一千万円を奪おうとしている。そんなところだろう」

と、十津川はいった。

中田が、部屋から出てきた。

「釈放せざるをえませんね」

と、中田は十津川と亀井にいった。

「久保は、早坂みゆきのことを何かいっていましたか？」

と、十津川はきいた。

「娘を殺したかどうか、ききたいだけだといっていますが、目的は一千万円だと思いますね」

「ただ、そのために、早坂みゆきを殺すかもしれません」

と、十津川はいった。

「私もその心配を感じますが、何しろ早坂みゆきの行方がわかりませんから」

「早く見つけたいですね。久保が見つけるよりも先に」

と、十津川はいった。

「私も、もちろんそう思っています」

と、中田もいった。

十津川は、亀井と中央警察署を出た。県警とは別の方法で、早坂みゆきの行方を探したいと思ったからである。

二人は、仙台駅に向かって歩き出した。

「お茶でも飲もうじゃないか」

と、十津川は歩きながらいった。

二人は、駅のコンコースの中にある喫茶店に入って、コーヒーを注文した。

「古沢という男のことですが」

と、亀井は運ばれてきたコーヒーをゆっくりかき回しながらいう。

「うん」

「妻を失ったのが四年前でしたね。そして生まれた子は重病で、ずっと入院している」

「そのための治療費として、一千万円を早坂みゆきから受け取っているんだ。大金だが、古沢としてみれば、いくらもらっても足りない思いじゃないかな。とにかく妻を失い、やっと生まれた子供は、病院に入ったまま出られずにいるんだからね」

と、十津川はいった。

「本当に、まだ子供は入院しているんでしょうか？」

「何をいってるんだ？」

「母親の胎内で障害を受けてしまったわけです。そして、専門病院に入院したまま、四年たった今も退院できない。そういうケースもありうるとは思いますが、ひょっとして、すでに亡くなっているのではないでしょうか。古沢は、それを隠して、毎年一千万ずつ、受け取っているんじゃないでしょうか。いや、これからもずっと、早坂みゆきから金をゆすり取るつもりでいるのではないか。ふと、そんなことを考えたんですが」

と、亀井はいった。

「それは考えなかったな」

「生まれたばかりの嬰児というのは、弱いものです。専門病院で治療しているといっても、四年間です。治るものなら、もう退院しているんじゃありませんかね。そうでなければ、すでに亡くなっているのではないか。そんな気がするんですが」

「カメさんは早坂みゆきに同情しているのか？」

と、十津川はきいた。

「彼女には、別に悪気はなかったわけですからね。もちろん、偶然にしろ、一人の女を死なせたことには、責任はあるでしょうが――」

と、亀井はいった。

「それを感じているからこそ、早坂みゆきは、毎年一千万もの大金を、払ってきたんだろう。立派だと思うよ」

と、十津川はいった。

「ひょっとして、彼女は若いとき、誰かの子供を生んで、病気か何かで死なせているんじゃありませんかね。そんなこともあって、相手のいいなりに払っているんじゃありませんか」

「カメさんは、いい人だ」

「よしてくださいよ」

と、亀井は苦笑してから、

「これからどうされますか？　久保の動きを心配されていましたが」

「今日も秋保の白水ホテルに泊まることにする。早坂みゆきの行方を知っているのは、木下香織だと思っているし、久保も彼女の行動を監視して、早坂みゆきを見つけようとするだろうからね」

「早坂みゆきが、東京に帰ってしまったということは、考えられませんか？」

と、亀井がきいた。

「それはちょっと考えにくいね。東京の彼女のマンションでは、木戸が殺されていて、彼女は容疑者の一人なんだ。警察が探していることだって、知っているだろう。それに、古沢に一千万を渡さなければいけないという義務感も持っているんだと思うよ」

と、十津川はいった。

3

コーヒーを飲み終わってから、十津川と亀井は、タクシーで秋保温泉に向かった。白水ホテルに部屋を取り、十津川は、県警の中田にその旨を電話した。

中田は、そのとき、

「久保は、釈放しました。仕方がありません。残念でしたが――」

と、いった。

「そうですね。今の段階では証拠はないですから」

「実は、久保のことで妙なことがあるんです」

と、中田はいった。

「どんなことですか？」

「十津川さんは、久保に血液型をおききになりましたね」

「ええ。東京の殺人事件で、犯人のものと思われるB型の血液が残っていたからです」

「それで、久保はB型だといいました」

「そうです。それで東京の事件の容疑者としての条件が、できたわけです。しかし、それだけでは、逮捕はできません。早坂みゆきもB型ですから」

「その血液型のことで、念のために、久保が刑事として働いていた岩手県警に、問い合わせてみたんです。そうしたら、向こうの返事は、彼の血液型はAだというのです」

「A——ですか？」

「そうです。Bじゃないんですか、とき直したんですが、岩手県警はAに間違いないといいましてね。久保自身が思い違いをしているのかもしれませんね」

「思い違い？」

「そうでなければ、わざわざ自分が疑われるに決まっているB型とは、いわんでしょう」

と、中田はいった。

十津川は電話を切った。が、当惑した顔で、亀井に血液型の話をした。

「久保は、B型じゃないんですか——」

と、亀井も不思議そうにいった。

「だから、東京の木戸殺しの容疑者ではなくなってしまったんだ」

と、十津川はいった。

「東京の事件で、部屋に被害者・木戸のものとは違ったB型の血痕があったことは、マスコミが公表していましたかね？」

「われわれとしては、内密にしておきたかったんだが、M新聞がすっぱ抜いてしまったんだよ。それでほかの新聞も書いた」

「そうでした。それなら当然、久保も知っているはずですね」

「そうさ。だから、当惑してるんだよ。自分の血液型をBといえば、警察にマークされるのは、わかっているだろうにね。Bでも、一応、違うというんじゃないかな？」

と、十津川はいった。

「わざとわれわれに疑わせておいて、あとでA型の証明書を持ってきて、ざまあみろという気だったんですかね？」

と、亀井はいう。

「彼は、今、必死になって、早坂みゆきを探しているところだ。そんなときに、警察をからかっている余裕はないはずだよ」

と、十津川はいった。

「たしかに、そうですね。それなら単なる勘違いということですか？」

亀井が、いった。

「そうとしか思えないんだが。カメさんは自分の血液型は知っているだろう？」

「もちろん知っています。危険な仕事ですから、自分の血液型は知っておくことが、必要ですからね。警部だって、知っておられるでしょう？」

「ああ。私はB型だ」

と、十津川はいってから、

「もう一つ、引っかかることがある」

「血液型のことでですか？」

「私が今日、久保に血液型をきいたとき、彼は一瞬、顔色を変えた」

「それは、東京での殺人事件のことを、久保が知っていたからでしょう？　自分が疑われるんじゃないかと思ってですよ」

と、亀井がいう。

「私もそう思ったよ。ほかに彼が顔色を変える理由が考えつかなかったからね。だが、それならなぜ、久保は嘘をついたんだろうか。それも、自分が疑われるような方向にだよ」

と、十津川は首をかしげた。

「そういえば、そうですね」

「となると、なぜ、久保はあのとき、顔色を変えたんだろう？」

「血液型をきかれると困ることがあるんでしょうね」

と、亀井はいった。

「だが、それは東京の殺人事件に関してではないんだ」

と、十津川がいった。もし、東京の事件のことで顔色を変えたのなら、Ｂ型だと嘘はつかないだろう。わざわざ、自分に疑いのかかる嘘なんかをである。

「しかし、警部。東京の事件以外に血液型が問題になったことがありましたか？　仙台駅での久保カオル殺しでは、犯人の血痕は、残っていませんでしたし、秋保での木下香織の殴打事件では、犯人は、久保とわかっているわけですし――」

と、亀井はいった。

たしかに、亀井のいうとおりだった。

今度の事件では、二人の人間が殺されている。

東京で、久保カオルのボーイフレンドの木戸が殺され、仙台では、カオルが殺された。

この二つの事件で、血液型が問題になっているのは、東京の事件である。

十津川は、煙草をくわえて、考え込んだ。

火を点けて、さらに考える。

「あの図々しい男が、顔色を変えたということは、よほど、心配なことがあったと思いますがねえ」

と、亀井は呟くように、いっている。

十津川は、煙草を持った右手を小さく振って、

「カメさん。久保が心配したのは、東京の事件じゃなくて、仙台駅の事件だったんだよ」

と、いった。

「久保カオルが殺された件ですか？」

「そうだよ」

「しかし、あの事件で血液型は、問題になっていませんよ。犯人はB型と決まっているわけじゃありません」

「そうだ。だが、久保にとっては、特別な意味のある事件だった」

「そりゃあ殺されたのが、娘のカオルですから」

と、亀井はいった。

「そこだよ。われわれが血液型といったときに、まず考えるのは、現場に残っていた血痕ということだが、もう一つ、血液型から親子関係がわかるということがある。久保が不安にかられたのは、われわれが東京の事件についてきいたのではなく、カオルとの親子関係について、彼の血液型を問題にしたと思ったから、なんじゃないかね」

と、十津川はいった。

「すると、久保父娘というのは、血がつながっていないということですか？」

亀井が、きいた。

「その疑いが出てきたと思うよ。調べればわかるんだが、久保はB型だと嘘をついた。たぶん、彼がBなら、娘のカオルが、本当の娘ということになるんだと思うね。それで彼はBだと嘘をついたんだよ」

と、十津川はいった。

「本当は久保の血液型はAでした。Aだと、娘のカオルとの間に、血のつながりがないことになってしまうんですかね」

「それは、彼らの生まれ育った岩手県警に調べてもらおう」

と、十津川はいった。

翌日、十津川は岩手県警に電話して、事情を説明し、久保父娘について、調べてくれるように頼んだ。

そのあと女将の木下香織に会った。

彼女は、一見、落ち着いているように見えたが、ときどき不安の色が、その顔をよぎる感じだった。

十津川は、自分たちの推理を彼女にぶつけた。

古沢夫婦のこと、早坂みゆきが、仙台駅の1番線ホームで臨月の古沢の妻にぶつかったのではないか、その結果、彼女が死亡したのではないかと、いうことである。

「古沢はそのため、早坂みゆきさんに年一千万の金を要求してきた。みゆきさんは自分のしてしまったことの償(つぐな)いとして、相手の要求どおりに、毎年十二月一日に一千万ずつ払ってきた。今年の十二月一日にもそうするはずでした」

と、十津川はいった。

香織は、黙って聞いている。そのことが、十津川の話を肯定しているということに見えた。

「ところが、その一千万円を狙う人間が現われたわけです。みゆきさんのクラブで、ホステスをしていた久保カオル。彼女の男友だちの木戸、そして、カオルの父親で、刑事あがりで私立探偵をしている久保です。三人とも、一千万円を狙っていたわけです。その結果、殺人事件が起きてしまった。東京と仙台の両方でです」

「――――」

「今、久保は一千万を奪おうとして、必死で早坂みゆきを探しています。久保は一千万を奪うためにみゆきさんを殺しかねません」

「――――」

「私たちとしては、何とかその悲劇は防ぎたいのです。これ以上、犠牲者は出したくないのですよ。今、みゆきさんが、何処にいるか、教えてくれませんか。四年前の事件について、私たちは、彼女を逮捕しようという気は、まったくありません。私たちは、ただ彼女を助けたいんです。保護したいんですよ」

と、十津川はいった。

黙っていた香織が、眼をあげて十津川を見た。

「知らないんです」

と、彼女はいった。

「しかし、あなたは彼女をかくまったりしていたわけでしょう？　違うんですか？」

亀井が、怒ったような声で香織にいった。

「そうなんですけど、今、何処にいるかわからないんです」

と、香織はいった。

「久保が、あなたを襲って、みゆきさんの行方を問いただしたときは、知っていたんでしょう？」

「ええ。知っていました」

と、十津川はきいた。

「それで、そのあと、どうなったんですか？」

「彼女に連絡して、そこは危険だからほかに移りなさいと知らせたんです。でも、さっき電話したら、そこにいませんでした」

と、香織はいった。

「何処へ移れといったんですか？」

「作並温泉のホテルです。そこの女将さんと知り合いなので、そのホテルに行くようにすすめたんですわ。でも、行っていませんでした」

と、香織はいう。

「みゆきさんが、そこに移ったら、連絡してくるんですね？」

「ええ。そうです」

「連絡があったら、すぐ教えてください」

と、十津川はいった。

昼近くなって、岩手県警から電話が入った。

「久保と娘のカオルの父娘関係ですが、亡くなっている母親の血液型も調べたところ、久保は、カオルとは血のつながりはないことがわかりました。久保は、カオルの父親という可能性はありませんね」

と、県警の三浦という警部がいった。

「血のつながりがないということは、つまり、久保の妻が浮気をしたということですかね？」

と、十津川はきいた。

「そう考えられます。カオルが生まれた病院に問い合わせましたが、医者が、生まれたカオルの血液型を久保に伝えたところ、彼の顔色が変わったのを覚えているということです」

と、三浦はいった。

「それは、久保が血液型を気にしていた、ということでもありますね？」

「そうなんです。久保がやたらに、生まれた子供の血液型を知りたがるので、医者も看護婦も変な父親だなと思っていたそうです。久保は、生まれる子供がひょっとして、自分の子供ではないのではないかと、疑っていたんだと思いますね」

と、三浦はいった。

「その疑いが、当たっていたわけですね？」

「そうなりますね」

「変なことをききますが、久保の血液型がB型だったら、カオルの父親ということになりますか？」

と、十津川はきいた。

「ちょっと待ってください」

と、三浦はいい、十津川を待たせておいて、ほかに問い合わせているようだったが、七、八分して、

「わかりました。久保がB型なら、父親の可能性が出てきます。しかし、実際にはAですから、父親の可能性はゼロだということです」

と、三浦はいった。

十津川はその電話のあと、亀井に、

「やはり、久保は、カオルと血のつながりはなかったよ」

と、教えた。

「それを隠そうとして、久保は嘘をついたわけですね」

「つまり、久保は娘のカオルを殺したかもしれないわけだよ。そう思われるのが怖くて彼は嘘をついた」

「しかし、血液型がBだといえば、東京の殺人事件で疑問を持たれます。それは覚悟して、あえて嘘をついたことになりますね」

と、亀井はいう。

「そのことから、私はこう考えたんだ。久保は東京の殺人には関係していないが、仙台では、カオルを殺しているのではないかと」

「奥さんの浮気の結果、できたカオルに対して、久保は、どんな感情を持っていたんですかね？」

と、亀井がいう。

「愛憎半ばという気分だったと思うよ。しかし、久保が妻の浮気の相手を知っていて、カオルの顔がその男の顔にどんどん似てきていたら、憎しみのほうが強くなっていたろうね」

と、十津川はいった。

「それに、一千万という大金が絡んできたわけですね」

「久保が娘のカオルを殺した、という可能性も出てきたことになる」

と、十津川はいった。


その日の夜、八時を過ぎたとき、十津川と亀井の泊まっている部屋に電話がかかった。


外からではなく、女将の木下香織からだった。

十津川が受話器を取ると、香織は切迫した調子で、いきなり、

「助けてください！」

と、叫んだ。

「どうしたんですか？」

「みゆきが、危ないんです。だから助けてください」

と、香織はいう。

「何が、どうなのか、教えてください」

と、十津川はいった。

「今、電話があって――」

「早坂みゆきさんから、ですね？」

「はい」

「それで？」

「これから、人に会うといっているんです」

「誰にです？」

「それをいわないんです。もし、それが、久保だったら、彼女、殺されてしまうかもしれません。だから、助けてください」

と、香織は繰り返す。

「場所は、わかりませんか？」

「お城といってました。お城で会うんだと」

「お城？」

「たぶん、青葉城跡のことだと思います。彼女は、青葉城を唄った歌が好きで、一度行ってみたいと、よくいってましたから」

「わかりました。タクシーを呼んでください」

と、十津川はいった。

タクシーが来るまでの間に、十津川は、県警の中田警部に連絡した。

タクシーが来て、十津川は、亀井と青葉城跡に向けて走らせた。

「どうなっているんですかね？　早坂みゆきが久保に会うなんて」

亀井が、不審そうにいう。

「久保に会うと、決まったわけじゃない」

と、十津川はいった。

「しかし、久保に会うから、あの女将は心配しているわけでしょう？」

「そう思い込んでるんだ」

と、十津川はいった。

青葉城跡に近づくと、パトカーの姿が眼につくようになった。中田警部がパトカーを出動させているのだろう。

緩い坂道を登る。その上に青葉城跡があり、伊達政宗の銅像などがある。

ふいに二人の乗ったタクシーを、けたたましいサイレンを鳴らして、パトカーが追い抜いていった。

「あのパトカーに追いていってくれ」

と、十津川はタクシーの運転手にいった。

パトカーは城跡に入ったところで停まった。ほかにも、二台のパトカーと救急車が停まっていた。

十津川と亀井はタクシーを降りると、駆け出した。

伊達政宗像の近くで、血まみれの女が担架に乗せられ、救急車に運び入れられようとしているところだった。和服姿だった。

近くに中田警部がいた。

十津川の顔を見ると、中田は、

「早坂みゆきですよ」

「具合は？」

と、十津川はきいた。

「意識不明です。とにかく、病院に運びます」

と、中田は緊張した顔でいった。

早坂みゆきを呑み込んだ救急車は、サイレンの音をひびかせて走り出した。

「犯人はわかっているんですか？」

と、亀井が中田にきいた。

「わかりません。今、この現場周辺に非常線を張ったところです」

と、中田はいう。

早坂みゆきは、頭部を鈍器で、めった打ちにされていたのだという。

「犯人は、久保ですか？」

と、十津川は中田にきいた。

「そう思っていますが――」

と、中田はいった。

しかし、一時間ほどして、青葉城跡の背後に広がる東北大学附属植物園の近くで、古沢功一郎が逮捕されたという報告が入った。

4

古沢は、中央警察署に連行された。

彼は、コートのポケットに百万円の新札(ピンさつ)の束を入れていた。

中田が、その百万円について質問すると、急に黙ってしまった。

一緒に訊問に当たった十津川が、四年前に起きた事故のことを、古沢に話した。すべてわかっているのだということを、である。

それで、古沢は、また口を開いた。

「今夜、八時に彼女と伊達政宗像の傍で会ったんです。そうしたら、彼女は、用意してきた一千万を失くしてしまった。だから、取りあえず、百万円で了承してほしいといって、これを渡されたんですよ」

と、古沢はいう。

「それで、怒って、君は彼女をめった打ちにしたのか？」

と、中田はきいた。

「とんでもない。僕はそんなことはしませんよ。ないというものを、無理に寄越せとはいいませんよ。だから、それだけもらって帰ることにしたんです」

「しかし、なぜ、植物園の傍で、うろうろしていたんだ？」

「急にパトカーが何台もやってきたので、僕はあわてたんです。理屈はどうであれ、僕は、彼女をゆすっていたわけですからね。それに、百万円の束も持っている。捕まったらまずいことになると思って、逃げたんですよ」

と、古沢はいった。

中田は、古沢の言葉は信じられないといって、訊問を続けた。

十津川は、その間に亀井と、早坂みゆきの運ばれた病院に行ってみることにした。彼女が、意識を回復すれば、何かきけると思ったからである。

広瀬川を渡った所にある救急病院だった。

十津川は、着いてすぐ受付に行き、早坂みゆきのことをきいた。

すでに午後十時に近く、病院の中はひっそりとしている。

受付の職員は、院内のどこかに電話をかけていたが、

「その救急患者なら、五分前に亡くなりましたよ」

と、いやに事務的な口調でいった。

「亡くなった？」

「そうです」

「――――」

十津川は、亀井と黙って顔を見合わせた。

薄暗い待合室に腰を下ろして、医者に彼女が何か言い残していないか、きこうかと考えているところへ、木下香織が小走りに入ってきた。

「みゆきは、どうなんですか？」

と、香織が十津川にきいた。

「亡くなりましたよ」

と、十津川はいった。

香織は、待合室のベンチにへなへなと腰を落としてしまった。

「亡くなったんですか」

「そうです。今から五分前にね」

「殺されたんですか？」

香織は青い顔できく。

「そうですよ。殴り殺されたんです」

「犯人は？」

「ここの警察は、近くにいた古沢功一郎を逮捕しました」

「古沢さんが、犯人なんですか？」

「それについて、あなたにききたいことがあるんですがね」

と、十津川は香織を見た。

「どんなことですか？」

「古沢は、今日、早坂みゆきさんから、百万円もらったといっています。あの百万円は、あなたが、みゆきさんに用立てたんじゃありませんか？」

と、十津川はきいた。

香織は、黙っていたが、十津川が早坂みゆきは亡くなったんだからというと、

「ええ。私が渡したんです」

と、いった。

「彼女は、今年も一千万円を持って、仙台に古沢に会いにやってきたんでしょう?」

「ええ」

「その一千万円は失くしたと、彼女は古沢にいったそうですが、聞いていますか?

いや、百万円用立ててくれと頼んだくらいだから、あなたには話したはずですよね」

と、十津川はいった。

「話してください」

と、横から亀井もいった。

「彼女は、私にも失くしたといっていました。だから、とりあえず百万円だけでも貸してくれないかと」

と、香織はいった。

「一千万円を、いつ、何処で失くしたといったんですか?」

「それを、いわないんです」

「しかし、失くした日は、わかるでしょう? 彼女が失くしたと、あなたにいった日でも同じですが」

と、十津川はいった。

「仙台駅で、いろいろあった日です」

香織は、そんないい方をした。

「久保カオルが殺された日ですね？」

と十津川はきいた。

「ええ。あの日、彼女、うちのホテルへ来たんです。疲れ切って、殴られたのか、右眼の下が腫(は)れていましたわ。そのとき、一千万円を失くしてしまったと、いったんです。それで、百万円用意してくれって」

「何があったのか、いわなかったんですか？」

「ええ。でも、一千万を落としたなんて、嘘だと思いましたよ」

「奪われたんだ」

「そう思いましたわ」

と、香織はいった。

古沢なら、みゆきが渡す相手だから、襲って奪ったりはしないだろう。

とすると、残るのは久保父娘ということになってくる。

だが、カオルのほうは、仙台駅で殺された。

「久保だな」

と、十津川は呟いた。

「久保が、娘のカオルを殺して、一千万を奪ったというわけですか？」

と、亀井がきいた。

「たぶん、カオルが仙台駅で早坂みゆきを見つけて、一千万円を奪ったんだろう。そのあと、久保が娘を殺して、その一千万円を奪った」

と、十津川はいった。

「血のつながりのない父と娘だから、殺すことに、ためらいがなかったということですか？」

「むしろ、憎んでいたのかもしれないからね」

「それは、わかりますが、納得できないことが、一つあります」

と、亀井はいった。

「何だ？」

「久保が一千万を手に入れていたのなら、なぜ、その後も早坂みゆきを追い回していたんでしょうか？　一千万を奪ったのなら、もう彼女には用がなかったはずですが」

と、亀井はいった。

「それは、こういうことだろう。久保は、娘のカオルを殺して、一千万を奪った、それを早坂みゆきに見られてしまった。だから、目撃者の口を封じなければと思ったんだ。早坂みゆきは、久保カオルに殴られて、一千万を奪われたが、取り戻そうとして、彼女を探したと思う。そのときに、久保がカオルを殺しているところを目撃したんじゃないのかな」

と、十津川はいった。

「それなら、なぜ、早坂みゆきは警察に来て、久保がカオルを殺したことを話さなかったんでしょうか？　そうしていれば、殺されずにすんだんじゃありませんか？」

と、亀井がいう。

「それは、警察に来られない理由があったんだよ」

「どんな理由ですか？」

「東京で木戸を殺したのは、早坂みゆきだったんだと思うよ。だから、彼女は、警察に来られなかったんだろう」

と、十津川はいった。

「正当防衛だったんです！」

と、香織がふいに大声で、いった。

「あなたに話したんですか？」

と、十津川はきいた。

「ええ。聞いてましたわ。彼女のマンションに男が忍び込んで、いきなり、切りつけてきたんですよ。もみ合って、彼女が殺してしまっても、当然、正当防衛でしょう？」

香織は、怒ったような声で、十津川にきいた。

「そうです。正当防衛です」

「だから、警察に話したらと、すすめたんですけどねえ」

と、香織は小さな溜息をついた。

5

十津川と香織が、中央警察署へ行き、中田警部に話をした結果、県警も久保を殺人事件で手配することになった。

夜が明けても、久保は見つからなかった。

岩手県警に問い合わせても、久保は戻っていないとわかった。

すでに海外へ脱出したのではないのかという声もあったが、十津川は、その考えには反対だった。

国外へ脱出する気なら、早坂みゆきの口封じをする必要はないはずだと思ったからである。

三日後になって、久保は東京のホテルで逮捕された。

久保は、早坂みゆき殺しについても、娘のカオル殺しについても頑強に否認した。

「実の娘を父親の僕が殺せるはずがないでしょう」

と、久保はいうのだ。

だが、ホテルの部屋から、一千万円が見つかり、十津川が血液型のことを持ち出すと、久保は急にがっくりして、自供を始めた。

久保と娘のカオルは、仙台で早坂みゆきを探していた。一千万円を奪うためである。

カオルが先に見つけて、いきなり背後から殴りつけて一千万円を奪った。

久保は、その直後にカオルに会い、二人で山分けすることを提案した。

「ところが、カオルは一円も僕にはやらないと、いうのですよ。そのうえカオルはこういったんです。あたしは、本当の父娘でないことを知っている。他人に一円だってやるものかってね。僕はかっとして、駅のトイレの中で彼女を殺してしまったんです」

と、久保はいった。

「それを、早坂みゆきに見られたんだな？」

と、十津川はきいた。

「たぶん、彼女は一千万を取り戻そうとして、駅の中を探していたんだと思いますね。そして、あのトイレを覗いたとき、僕がカオルを殺しているところを見たんですよ。それで、僕はすぐ、警察に連絡されると思ったんだが、いっこうにその気配がない。それで、彼女も後ろ暗いところがあるんだなと、想像がつきましたがね」

と、久保は笑った。

「だが、彼女の口を封じようとした？」

「安心できませんからね」

と、久保はいった。

「それで青葉城跡で殺したのか？」

と、十津川はきいた。

「今夜、偶然、彼女を見つけて、尾行したんですよ。そしたら、男に会って金を渡していた。その直後に殺せば、疑いはその男にいくと思ってね」

と、久保はいった。

最後に、十津川は娘のカオルのことを聞いた。

「カオルを殺したが、彼女を憎んでいたのかね？」

久保は、すぐには答えなかった。が、間を置いてから、

「憎んでもいたし、愛してもいましたよ」

と、いった。

解説

小梛治宣（日本大学副学長・文芸評論家）

大学で仕事をしていると、「人間力」とか「社会人力」あるいは「教育力」といった「〇〇力」という言葉をよく耳にし、口にもする。西村京太郎氏の活躍を目の当たりにしていると、「小説家力」とか「作家力」が、九十歳になった今も、まったく衰えていないことに、改めて感じ入ってしまう。いくつもの雑誌連載を続ける合間に書き下ろし作品も刊行しているという離れ業を駆使し続けているのである。平成三十年にはオリジナル著作が六百冊を超え、その後もコンスタントに増え続けていることからも、その「小説家力」は証明されているといえよう。

このギネス級の作家が生み出した作品群の中でも十津川警部シリーズは映画の寅さんシリーズに匹敵するほどの認知度と人気を誇っているわけだが、その中でも本書を含む駅シリーズは、突出したものと私は思っている。駅を単なる事件の舞台に設定しているだけではない。駅長以下のそこで働く人々、そこを利用し通過する人々、発着する列車、知られざる駅の機能等も含めて、駅を一つの有機体として描き出しているのだ。駅は二十四時間休みなく生きている——ということを改めて思い知らされることにもなる。

本書『仙台駅殺人事件』は、そうした駅シリーズの中でも特異な一冊といえる。きわめて映像的なのだ。仙台駅の一番線ホームに毎年同じ日に佇んでいる美女の姿が、開巻早々読者の脳裏に映し出されてくる。まるで映画の一シーンを観ているかのような気分になる。この謎の美女を探し求める形でストーリーは進んでいくのである。

ちなみに映画と作者との関係について、作者はあるインタビューでこんなふうに語っている。

〈若いときは映画が大好きで、一年で千本は観たんじゃないかな。（中略）午前中は上野図書館で本を読んで小説を書いて、午後になると浅草まで歩いて行って、観ていたんですよ。三本立て百円。洋画あり、邦画ありで、名作からくだらないのまで、とにかくごちゃごちゃ観ました〉（『ＩＮ・ＰＯＣＫＥＴ』二〇〇二年三月号）

読むだけでなく、観る小説の世界を生みだし得る背景には、こうした下積み時代の修業があったのである。「小説家力」を保ち続けている源泉の一つもこのあたりにあるのではないだろうか。

では、謎の美女が殺人事件にどう関わっているのかをみていくことにしよう。

仙台駅の原田助役は、三年前から十二月一日の正午ごろ、一番線ホームに和服姿の二十代後半の女性の姿を見かけるようになった。その、白い横顔が、どこか寂しげに見える美女が、ホームでじっと誰かを待っているように立っているのだ。

今年も一番線ホームで彼女に出会えることを楽しみにしていた原田だったが、「謎の美女」はその日姿を見せなかった。

その同じ十二月一日の午後八時過ぎ、東京原宿の高級マンションの一室で、刺殺された男の死体が発見された。そこは、銀座のクラブのママ、早坂みゆきの部屋だったが、この日午後八時を過ぎてもママが店に来ないので、心配したマネージャーが訪ねてきて発見したのだった。

犯人は、姿を消している早坂みゆきなのか。みゆきは、仙台までの新幹線のグリーン席の切符を購入していた。十二月一日東京駅午前九時十九分発だ。

この早坂みゆきこそ、仙台駅一番線ホームの「謎の美女」だったことが判明したのだが、殺された男、木戸とみゆきとの関係は、はっきりしない。果して、みゆきは手に入れた切符で仙台まで来ていたのか……。殺人の現場には被害者とは別の血液が残っており、その血液型がみゆきのものと一致したため、彼女の容疑は一層濃さを増してきた。

一方、木戸のアパートに若い女の声で「金は手に入ったのか」という電話が入った。電話に出た日下刑事に、その女は「カオル」と名乗ったという。十津川は、木戸は早坂みゆきをゆすりに行って逆に殺されたが、そこにはカオルという若い女も絡(から)んでいるのではないかとみていた。

捜査の結果、みゆきは毎年一回一千万円を預金から下ろしていたことが分かった。その金を手渡すために毎年十二月一日に仙台駅の一番ホームに立っていたとすると、いったいどんな理由で、誰に渡していたのか……。

事件から三日経った十二月四日朝、原田助役は、仙石線(せんせき)へ続く地下通路で早坂みゆきらしい女とぶつかり会った。その報告に、十津川は亀井とともに仙台へ向かった。みゆきが仙石線に乗ったと考えた十津川たちは、松島海岸駅へ行ってみることにした。だが、ここで分からないのはみゆきが木戸殺害の犯人とすると、なぜいつまでも仙台にとどまっているのかということだ。ゆすりの相手を待っているとしても、仙台にそこまで拘(こだわ)る理由は何なのか。なぜ、別の場所ではいけないのか……。みゆきの不可解な行動の理由が見えないのだ。謎の美女の謎の行動といった具合に、サスペンスを徐々に高めていくそのストーリーテラーぶりは、作者ならではの「小説家力」の発露といえるのではなかろうか。

松島で重大な情報を得た十津川は、仙台駅に網を張ることにしたのだが……。

他方、東京で捜査していた西本刑事が、カオルという女の正体を突き止め、殺害された木戸と関係があったことがはっきりした。しかもカオルは、みゆきの店でホステスとして働いていたが、店の金を盗んで辞めさせられていたのだ。事件の構図が次第にはっきりしてくるにつれて、謎の美女みゆきの謎の部分も薄皮をはがすように明らかになってくる。その一方、みゆきの謎の相手の正体は依然として不明のままだ。

仙台駅でみゆきを捕える作戦は、何者かの妨害によって失敗に終わる。ところがその後も、みゆきは謎の人物に対して仙台駅で会うためのメッセージをある方法を使って送るのである。ここまでしてみゆきが仙台駅に拘る理由は、みゆきの側にではなく、相手の事情によるものではないのか、と十津川は考えた。

再度仙台駅で網を張った十津川だったが、みゆきもその相手も姿を見せず、その代わりに新たな殺人事件が発生した。そしてこの事件の被害者も、先の事件の関係者だったのだ。犯人はみゆきが毎年一千万円を渡している相手なのか。みゆきを追う十津川の前に新たな展開が見えてきた。

という具合に、終始仙台駅を核にしながら物語はスピーディかつサスペンスフルに進んでいくのである。駅シリーズでは、『東京駅殺人事件』や『京都駅殺人事件』のように、駅そのものを人質に取るかのごとき大がかりな劇場型犯罪をもくろむ犯人が、十津川を苦境に陥らせる作品が強く印象に残っているかもしれないが、そうした中で本作は先にも述べたように異色のサスペンスといえるのである。

コロナ禍で外出が大きく制約されるような状況下では、西村京太郎作品を読む愉しさは倍増する。列車の旅が出来なくとも、十津川警部シリーズを手にすれば、日本各地へ居ながらにしてスリリングな旅をすることができる。駅シリーズでは、東京、上野、京都、仙台、西鹿児島、函館、長崎等の「駅」にまさに降り立った気分にさせられるに違いない。また、その地方の人々の息遣いや街々の匂いが感じ取れるのも西村作品の特徴であろう。だからすべての作品が殺人事件を扱っていながら、温もりを感ずることが出来るのである。そこもまた作者の「小説家力」のなせる業といえる。

西村氏は、自ら戦争を体験した者だからこそ語っておかねばならないという信念を持って、太平洋戦争を題材としたミステリーをこのところ書き続けてきている。最新作の『愛の伊予灘ものがたり　紫電改が飛んだ日』では、終戦の翌日（昭和二十年八月十六日）に、伊予灘を飛び立ったまま行方不明となった、当時の最新鋭機紫電改の謎を追う十津川の姿が描かれる。終戦の直後何が起きたのか——作者の筆は歴史の中の隠された真実を抉(えぐ)り出していく。戦争を知らない世代こそ読んでおかねばならない作品を、渾身(こんしん)の力を振り絞って書き続ける作者の姿勢には、凄(すご)みさえ感じられる。これこそまさに究極の「小説家力」といえるものであろう。作者の太平洋戦争シリーズを本作と併(あわ)せて是非読んで欲しいものである。

一九九五年九月　カッパ・ノベルス
二〇一一年二月　光文社文庫

仙台駅殺人事件

西村京太郎

© Kyotaro Nishimura 2021

2021年2月16日第1刷発行

発行者――渡瀬昌彦

発行所――株式会社　講談社

東京都文京区音羽2-12-21　〒112-8001

電話　出版（03）5395-3510
　　　販売（03）5395-5817
　　　業務（03）5395-3615

Printed in Japan

講談社文庫

定価はカバーに表示してあります

デザイン―菊地信義

本文データ制作―講談社デジタル製作

印刷―――株式会社KPSプロダクツ

製本―――株式会社国宝社

ISBN978-4-06-522478-6

講談社文庫刊行の辞

二十一世紀の到来を目睫に望みながら、われわれはいま、人類史上かつて例を見ない巨大な転換期をむかえようとしている。

世界も、日本も、激動の予兆に対する期待とおののきを内に蔵して、未知の時代に歩み入ろうとしている。このときにあたり、創業の人野間清治の「ナショナル・エデュケイター」への志を現代に甦らせようと意図して、われわれはここに古今の文芸作品はいうまでもなく、ひろく人文・社会・自然の諸科学から東西の名著を網羅する、新しい綜合文庫の発刊を決意した。

激動の転換期はまた断絶の時代である。われわれは戦後二十五年間の出版文化のありかたへの深い反省をこめて、この断絶の時代にあえて人間的な持続を求めようとする。いたずらに浮薄な商業主義のあだ花を追い求めることなく、長期にわたって良書に生命をあたえようとつとめるところにしか、今後の出版文化の真の繁栄はあり得ないと信じるからである。

同時にわれわれはこの綜合文庫の刊行を通じて、人文・社会・自然の諸科学が、結局人間の学にほかならないことを立証しようと願っている。かつて知識とは、「汝自身を知る」ことにつきていた。現代社会の瑣末な情報の氾濫のなかから、力強い知識の源泉を掘り起し、技術文明のただなかに、生きた人間の姿を復活させること。それこそわれわれの切なる希求である。

われわれは権威に盲従せず、俗流に媚びることなく、渾然一体となって日本の「草の根」をかたちづくる若く新しい世代の人々に、心をこめてこの新しい綜合文庫をおくり届けたい。それは知識の泉であるとともに感受性のふるさとであり、もっとも有機的に組織され、社会に開かれた万人のための大学をめざしている。大方の支援と協力を衷心より切望してやまない。

一九七一年七月

野間省一

講談社文庫 最新刊

藤井邦夫
罰当り
〈大江戸閻魔帳(五)〉
夜更けの閻魔堂に忍び込み、何かを隠す二人組。麟太郎が目にした思いも寄らぬ物とは？

佐々木裕一
四谷の弁慶
〈公家武者信平ことはじめ(三)〉
いまだ百石取りの公家武者・信平の前に現れたのは、四谷に出没する刀狩の大男……!?

宮西真冬
誰かが見ている
〝子供〟に悩む4人の女性が織りなす、衝撃のサスペンス！　第52回メフィスト賞受賞作。

額賀澪
完パケ！
おまえが撮る映画、つまんないんだよ。映画監督を目指す二人を青春小説の旗手が描く！

佐藤優
戦時下の外交官
〈ナチス・ドイツの崩壊を目撃した吉野文六〉
ファシズムの欧州で戦火の混乱をくぐり抜けた、青年外交官のオーラル・ヒストリー。

穂村弘
野良猫を尊敬した日
理想の自分ではなくても、意外な自分にはなれるかも。現代を代表する歌人のエッセイ集！

加藤元浩
奇科学島の記憶
〈捕まえたもん勝ち！〉
嵐の孤島には名推理がよく似合う。元アイドルの女刑事がバカンス中に不可解殺人に挑む。

創刊50周年新装版

宮部みゆき
ステップファザー・ステップ
〈新装版〉
泥棒と双子の中学生の疑似父子が挑む七つの事件。傑作ハートウォーミング・ミステリー。

岡嶋二人
そして扉が閉ざされた
〈新装版〉
不審死の謎について密室に閉じ込められた関係者が真相に迫る著者随一の本格推理小説。

北森鴻
花の下にて春死なむ
〈香菜里屋シリーズ1〈新装版〉〉
孤独な老人の秘められた過去とは——。バー「香菜里屋」が舞台の不朽の名作ミステリー。

講談社文芸文庫

庄野潤三
世をへだてて

突然襲った脳内出血で、作家は生死をさまよう。病を経て知る生きるよろこびを明るくユーモラスに描く、著者の転換期を示す闘病記。生誕100年記念刊行。

解説=島田潤一郎　年譜=助川徳是

しA16

978-4-06-522320-8

庄野潤三
庭の山の木

家庭でのできごと、世相への思い、愛する文学作品、敬慕する作家たち――著者のやわらかな視点、ゆるぎない文学観が浮かび上がる、充実期に書かれた随筆集。

解説=中島京子　年譜=助川徳是

しA15

978-4-06-518659-6

夏原エヰジ　Cocoon〈修羅の目覚め〉
夏原エヰジ　Cocoon2〈蠱惑の焔〉
西村京太郎　七人の証人
西村京太郎　華麗なる誘拐
西村京太郎　寝台特急「日本海」殺人事件
西村京太郎　十津川警部 帰郷・会津若松
西村京太郎　特急「あずさ」殺人事件
西村京太郎　十津川警部の怒り
西村京太郎　宗谷本線殺人事件
西村京太郎　奥能登に吹く殺意の風
西村京太郎　特急「北斗1号」殺人事件
西村京太郎　十津川警部 湖北の幻想
西村京太郎　九州特急「ソニックにちりん」殺人事件
西村京太郎　東京・松島殺人ルート
西村京太郎　新装版 殺しの双曲線
西村京太郎　愛の伝説・釧路湿原
西村京太郎　山形新幹線「つばさ」殺人事件
西村京太郎　新装版 名探偵に乾杯
西村京太郎　十津川警部 君は、あのSLを見たか

西村京太郎　南伊豆殺人事件
西村京太郎　十津川警部 青い国から来た殺人者
西村京太郎　十津川警部 箱根バイパスの罠
西村京太郎　新装版 天使の傷痕
西村京太郎　新装版 D機関情報
西村京太郎　十津川警部 猫と死体はタンゴ鉄道に乗って
西村京太郎　韓国新幹線を追え
西村京太郎　北リアス線の天使
西村京太郎　十津川警部 長野新幹線の奇妙な犯罪
西村京太郎　上野駅殺人事件
西村京太郎　京都駅殺人事件
西村京太郎　沖縄から愛をこめて
西村京太郎　十津川警部「幻覚」
西村京太郎　函館駅殺人事件
西村京太郎　内房線の猫たち〈異説里見八犬伝〉
西村京太郎　東京駅殺人事件
西村京太郎　長崎駅殺人事件
西村京太郎　十津川警部 愛と絶望の台湾新幹線
西村京太郎　西鹿児島駅殺人事件

西村京太郎　札幌駅殺人事件
西村京太郎　十津川警部 山手線の恋人
仁木悦子　猫は知っていた
新田次郎　新装版 聖職の碑
日本文芸家協会編　愛染夢灯籠〈時代小説傑作選〉
日本推理作家協会編　犯人たちの部屋〈ミステリー傑作選〉
日本推理作家協会編　隠された鍵〈ミステリー傑作選〉
日本推理作家協会編　Play 推理遊戯〈ミステリー傑作選〉
日本推理作家協会編　Doubt きりのない疑惑〈ミステリー傑作選〉
日本推理作家協会編　Bluff 騙し合いの夜〈ミステリー傑作選〉
日本推理作家協会編　Propose 告白は突然に〈ミステリー傑作選〉
日本推理作家協会編　Acrobatic 物語の曲芸師たち〈ミステリー傑作選〉
日本推理作家協会編　ベスト8ミステリーズ2015
日本推理作家協会編　ベスト6ミステリーズ2016
二階堂黎人　ラン迷宮〈二階堂蘭子探偵集〉
二階堂黎人　増加博士の事件簿
新美敬子　猫のハローワーク
西澤保彦　新装版 七回死んだ男
西澤保彦　人格転移の殺人

西澤保彦 麦酒の家の冒険
西澤保彦 新装版 瞬間移動死体
西村 健 ビンゴ
西村 健 地の底のヤマ (上)(下)
西村 健 光陰の刃 (上)(下)
楡 周平 陪審法廷
楡 周平 宿命 (上)(下)〈ワンス・アポン・ア・タイム・イン・東京〉
楡 周平 血戦〈ワンス・アポン・ア・タイム・イン・東京2〉
楡 周平 修羅の宴 (上)(下)
楡 周平 レイク・クローバー (上)(下)
西尾維新 クビキリサイクル〈青色サヴァンと戯言遣い〉
西尾維新 クビシメロマンチスト〈人間失格・零崎人識〉
西尾維新 クビツリハイスクール〈戯言遣いの弟子〉
西尾維新 サイコロジカル (上)〈兎吊木垓輔の戯言殺し〉(下)〈曳かれ者の小唄〉
西尾維新 ヒトクイマジカル〈殺戮奇術の匂宮兄妹〉
西尾維新 ネコソギラジカル (上)〈十三階段〉
西尾維新 ネコソギラジカル (中)〈赤き征裁 vs. 橙なる種〉
西尾維新 ネコソギラジカル (下)〈青色サヴァンと戯言遣い〉
西尾維新 ダブルダウン勘繰郎 トリプルプレイ助悪郎

西尾維新 零崎双識の人間試験
西尾維新 零崎軋識の人間ノック
西尾維新 零崎曲識の人間人間
西尾維新 零崎人識の人間関係 匂宮出夢との関係
西尾維新 零崎人識の人間関係 無桐伊織との関係
西尾維新 零崎人識の人間関係 零崎双識との関係
西尾維新 零崎人識の人間関係 戯言遣いとの関係
西尾維新 xxxHOLiC アナザーホリック ランドルト環エアロゾル
西尾維新 難民探偵
西尾維新 少女不十分
西尾維新 本題〈西尾維新対談集〉
西尾維新 掟上今日子の備忘録
西尾維新 掟上今日子の推薦文
西尾維新 掟上今日子の挑戦状
西尾維新 掟上今日子の遺言書
西尾維新 掟上今日子の退職願
西尾維新 新本格魔法少女りすか
西尾維新 新本格魔法少女りすか2
西尾維新 新本格魔法少女りすか3

西尾維新 人類最強の初恋
西村賢太 どうで死ぬ身の一踊り
西村賢太 夢魔去りぬ
西村賢太 藤澤清造追影
仁木英之 まほろばの王たち
西川善文 ザ・ラストバンカー〈西川善文回顧録〉
西川 司 向日葵のかっちゃん
西 加奈子 舞台
貫井徳郎 新装版 修羅の終わり (上)(下)
貫井徳郎 妖奇切断譜
貫井徳郎 被害者は誰？
A・ネルソン 「ネルソンさん、あなたは人を殺しましたか？」
法月綸太郎 雪密室
法月綸太郎 誰彼
法月綸太郎 法月綸太郎の冒険
法月綸太郎 新装版 密閉教室
法月綸太郎 怪盗グリフィン、絶体絶命
法月綸太郎 怪盗グリフィン対ラトウィッジ機関
法月綸太郎 キングを探せ

講談社文庫 目録

法月綸太郎　名探偵傑作短篇集 法月綸太郎篇
法月綸太郎　新装版 頼子のために
乃南アサ　不発弾
乃南アサ　地のはてから(上)(下)
乃南アサ　新装版 鍵
乃南アサ　新装版 窓
野沢 尚　破線のマリス
野沢 尚　深紅
野村克也・宮本慎也　師弟
橋本 治　九十八歳になった私
原田泰治　わたしの信州
原田泰治・原田武雄　泰治が歩く〈原田泰治の物語〉
林 真理子　幕はおりたのだろうか
林 真理子　女のことわざ辞典
林 真理子　さくら、さくら〈おとなが恋して〉
林 真理子　みんなの秘密
林 真理子　ミスキャスト
林 真理子　ミルキー
林 真理子　新装版 星に願いを
林 真理子　野心と美貌〈中年心得帳〉
林 真理子　正妻〈慶喜と美賀子〉(上)(下)
林 真理子　大原御幸〈帯に生きた家族の物語〉
林 真理子・見城 徹　過剰な二人
帚木蓬生　日御子(上)(下)
帚木蓬生　襲来(上)(下)
坂東眞砂子　欲情
花村萬月　信長私記
花村萬月　續信長私記
畑村洋太郎　失敗学のすすめ
畑村洋太郎　失敗学実践講義〈文庫増補版〉
はやみねかおる　そして五人がいなくなる〈名探偵夢水清志郎事件ノート〉
はやみねかおる　都会のトム&ソーヤ(1)
はやみねかおる　都会のトム&ソーヤ(2)〈乱！ RUN！ ラン！〉
はやみねかおる　都会のトム&ソーヤ(3)〈いつになったら作戦終了？〉
はやみねかおる　都会のトム&ソーヤ(4)〈四重奏〉
はやみねかおる　都会のトム&ソーヤ(5)〈IN塀戸〉(上)(下)
はやみねかおる　都会のトム&ソーヤ(6)〈ぼくの家へおいで〉
はやみねかおる　都会のトム&ソーヤ(7)《怪人は夢に舞う〈理論編〉》
はやみねかおる　都会のトム&ソーヤ(8)《怪人は夢に舞う〈実践編〉》
はやみねかおる　都会のトム&ソーヤ(9)〈前夜祭 内人side〉
はやみねかおる　都会のトム&ソーヤ(10)〈前夜祭 創也side〉
服部真澄　クラウド・ナイン
原 武史　滝山コミューン一九七四
濱 嘉之　警視庁情報官〈シークレット・オフィサー〉
濱 嘉之　警視庁情報官 ハニートラップ
濱 嘉之　警視庁情報官 トリックスター
濱 嘉之　警視庁情報官 ブラックドナー
濱 嘉之　警視庁情報官 サイバージハード
濱 嘉之　警視庁情報官 ゴーストマネー
濱 嘉之　警視庁情報官 ノースブリザード
濱 嘉之　オメガ 対中工作
濱 嘉之　ヒトイチ 警視庁人事一課監察係
濱 嘉之　ヒトイチ 画像解析〈警視庁人事一課監察係〉
濱 嘉之　ヒトイチ 内部告発〈警視庁人事一課監察係〉
濱 嘉之　カルマ真仙教事件(上)(中)(下)
濱 嘉之　新装版 院内刑事
濱 嘉之　新装版 院内刑事〈ブラック・メディスン〉

講談社文庫 目録

濱　嘉之　院内刑事〈フェイク・レセプト〉
濱　嘉之　院内刑事　ザ・パンデミック
馳　星周　ラフ・アンド・タフ
畠中　恵　アイスクリン強し
畠中　恵　若様組まいる
畠中　恵　若様とロマン
葉室　麟　風渡る
葉室　麟　風の軍師〈黒田官兵衛〉
葉室　麟　星火瞬く
葉室　麟　陽炎の門
葉室　麟　紫匂う
葉室　麟　山月庵茶会記
葉室　麟　津軽双花
長谷川　卓　嶽神〈上・白銀渡り〉〈下・湖底の黄金〉
長谷川　卓　嶽神伝　無坂(上)(下)
長谷川　卓　嶽神伝　孤猿(上)(下)
長谷川　卓　嶽神伝　鬼哭(上)(下)
長谷川　卓　嶽神列伝　逆渡り
長谷川　卓　嶽神伝　血路
長谷川　卓　嶽神伝　死地
長谷川　卓　嶽神伝　風花(上)(下)
原田マハ　夏を喪くす
原田マハ　風のマジム
原田マハ　あなたは、誰かの大切な人
羽田圭介　コンテクスト・オブ・ザ・デッド
花房観音　恋塚
畑野智美　海の見える街
畑野智美　南部芸能事務所
畑野智美　南部芸能事務所 season2 メリーランド
畑野智美　南部芸能事務所 season3 春の嵐
畑野智美　南部芸能事務所 season4 オーディション
畑野智美　南部芸能事務所 season5 コンビ
早見和真　東京ドーン
はあちゅう　半径5メートルの野望
はあちゅう　通りすがりのあなた
早坂　吝　○○○○○○○○殺人事件
早坂　吝　虹の歯ブラシ〈上木らいち発散〉
早坂　吝　誰も僕を裁けない
早坂　吝　双蛇密室
浜口倫太郎　22年目の告白〈―私が殺人犯です―〉
浜口倫太郎　廃校先生
浜口倫太郎　AI崩壊
原田伊織　明治維新という過ち〈日本を滅ぼした吉田松陰と長州テロリスト〉
原田伊織　列強の侵略を防いだ幕臣たち〈続・明治維新という過ち〉
原田伊織　虚像の西郷隆盛　虚構の明治150年〈明治維新という過ち・完結編〉
原田伊織　三流の維新　一流の江戸〈明治は「徳川近代」の模倣に過ぎない〉
萩原はるな　50回目のファーストキス
葉真中　顕　ブラック・ドッグ
平岩弓枝　花嫁の日
平岩弓枝　花祭
平岩弓枝　青の伝説
平岩弓枝　はやぶさ新八御用旅(一)〈東海道五十三次〉
平岩弓枝　はやぶさ新八御用旅(二)〈中仙道六十九次〉
平岩弓枝　はやぶさ新八御用旅(三)〈日光例幣使道の殺人〉
平岩弓枝　はやぶさ新八御用旅(四)〈北前船の事件〉
平岩弓枝　はやぶさ新八御用旅(五)〈諏訪の妖狐〉
平岩弓枝　はやぶさ新八御用旅(六)〈紅花染め秘帳〉

講談社文庫 目録

平岩弓枝 新装版 はやぶさ新八御用帳(一)〈大奥の恋人〉
平岩弓枝 新装版 はやぶさ新八御用帳(二)〈江戸の海賊〉
平岩弓枝 新装版 はやぶさ新八御用帳(三)〈又右衛門の女房〉
平岩弓枝 新装版 はやぶさ新八御用帳(四)〈鬼勘の娘〉
平岩弓枝 新装版 はやぶさ新八御用帳(五)〈御守殿おたき〉
平岩弓枝 新装版 はやぶさ新八御用帳(六)〈春月の雛〉
平岩弓枝 新装版 はやぶさ新八御用帳(七)〈寒椿の寺〉
平岩弓枝 新装版 はやぶさ新八御用帳(八)〈春怨 根津権現〉
平岩弓枝 新装版 はやぶさ新八御用帳(九)〈王子稲荷の女〉
平岩弓枝 新装版 はやぶさ新八御用帳(十)〈幽霊屋敷の女〉
東野圭吾 放課後
東野圭吾 卒業
東野圭吾 学生街の殺人
東野圭吾 魔球
東野圭吾 十字屋敷のピエロ
東野圭吾 眠りの森
東野圭吾 宿命
東野圭吾 変身
東野圭吾 仮面山荘殺人事件
東野圭吾 天使の耳
東野圭吾 ある閉ざされた雪の山荘で
東野圭吾 同級生
東野圭吾 名探偵の呪縛
東野圭吾 むかし僕が死んだ家
東野圭吾 虹を操る少年
東野圭吾 パラレルワールド・ラブストーリー
東野圭吾 天空の蜂
東野圭吾 どちらかが彼女を殺した
東野圭吾 名探偵の掟
東野圭吾 悪意
東野圭吾 私が彼を殺した
東野圭吾 嘘をもうひとつだけ
東野圭吾 時生
東野圭吾 赤い指
東野圭吾 流星の絆
東野圭吾 新装版 浪花少年探偵団
東野圭吾 新装版 しのぶセンセにサヨナラ
東野圭吾 新参者
東野圭吾 麒麟の翼
東野圭吾 パラドックス13
東野圭吾 祈りの幕が下りる時
東野圭吾 危険なビーナス
東野圭吾作家生活25周年祭り実行委員会 東野圭吾公式ガイド〈読者1万人が選んだ東野作品人気ランキング発表〉
東野圭吾作家生活35周年実行委員会 編 東野圭吾公式ガイド〈作家生活35周年ver.〉
平野啓一郎 高瀬川
平野啓一郎 ドーン
平野啓一郎 空白を満たしなさい(上)(下)
百田尚樹 永遠の0(ゼロ)
百田尚樹 輝く夜
百田尚樹 風の中のマリア
百田尚樹 影法師
百田尚樹 ボックス!(上)(下)
百田尚樹 海賊とよばれた男(上)(下)
平田オリザ 十六歳のオリザの冒険をしるす本
平田オリザ 幕が上がる
東直子 さようなら窓
蛭田亜紗子 凜

講談社文庫 目録

2020年12月15日現在